天下篇，逍遙遊
七星劍，葫蘆酒
你就這樣長身去了江湖
自天涯滄桑風塵回来的你
大鐘鳴鼓，琴瑟竽笙
高台厚榭，邃野之居
或人何在？或人何在？
你又帶書攜酒配劍
從眼前到天涯，一路過去

落花也有溫柔的遠志
像人走向水涯
而裘褐為衣，棺桐三寸
張目奸逼切如大火逼你躍牆
身臨绝澗如閉目飛躍
而這一躍往何處去呢
流水也有悲壯的柔情

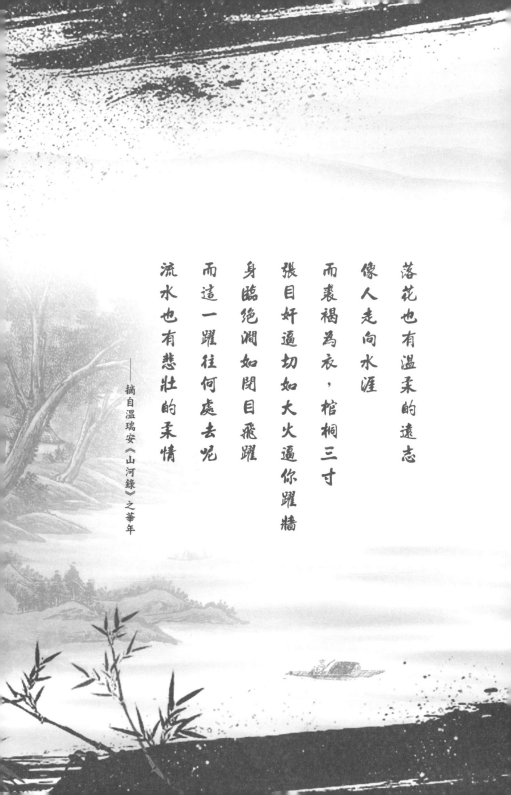

——摘自溫瑞安《山河錄》之華年

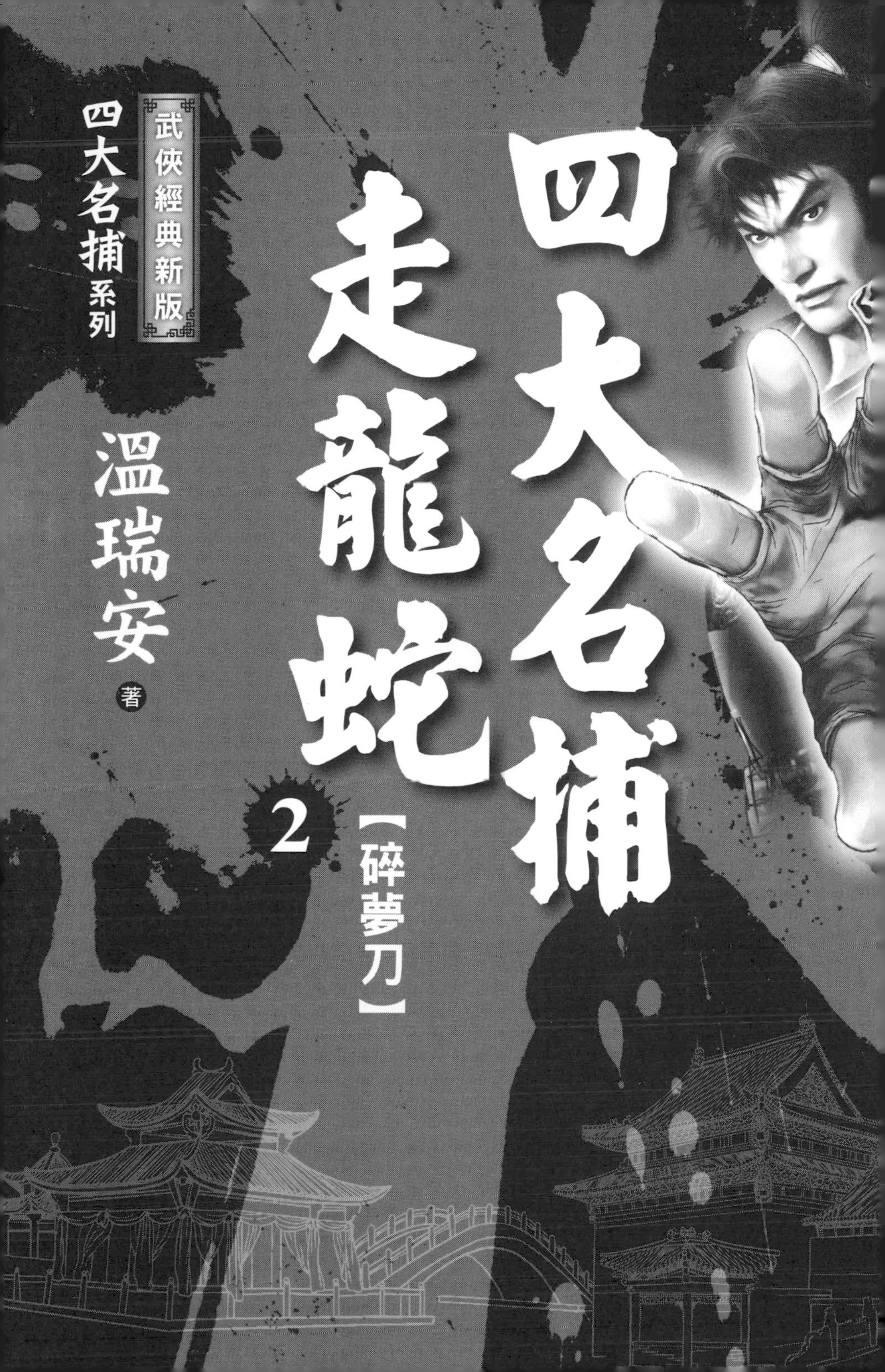
四大名捕系列
武俠經典新版
四大名捕
走龍蛇
2
【碎夢刀】
溫瑞安
著

四大名捕系列

四大名捕走龍蛇

第二冊 碎夢刀

目錄

第一部

血染紅杜鵑

第一回　冷血紅杜鵑

一

一把衝天的大火，熾熊熊的在山腰燒著，火隨風勢迅速地蔓延開來，將黑夜照得通亮。

冷血老遠就看見這把火。他立即就趕了過去。

冷血是「四大名捕」中的一人，職責當然是將歹徒繩之以法，除暴安良。在官府而言，除非是極之重大而又極爲棘手的案件，才會託人請諸葛先生出動「四大名捕」辦案。

但在「四大名捕」本身而言，任何能維持正義、救人於難的事情，他們都義不容辭。

冷血是「四大名捕」中最年輕的一人。他的血也像正燃燒著的火，只要義所當爲，必然奮不顧身。

他奔行起來，就像一頭豹子，全身上下的肌骨，沒有一處浪費半分氣力，只要不是用作奔跑的肌肉，卻又完全在歇息的狀態。

這正像他的人一樣：靜若冰封，動如激瀑。

他隔著一條跨虎江就看見衝天的火光，但等到他沿著彎彎曲曲的河岸趕過去的時候，火勢只剩下了濃煙、劈劈啪啪的灰燼倒塌聲音，和著火星子的聲響。冷血剛衝入村子，想盡力救得幾個火海災民出來的時候，卻整個人頓住了。

——沒有人救火。

——更沒有火海餘生的人。

這村子大概只有四、五十戶人家，依其建築形式來看，似乎頗爲富裕，但四、五十戶人家全被燒個乾淨，人都死在屋子裡。

有幾個逃出屋子來的，也橫屍在道旁，有些被斫爲幾截，有些燒焦的遺體還留有傷痕。

從還未被完全焚燬的橫匾看去，可以知道這村子就叫淡家村，姓「淡」的人並不多見，但這一帶多有異姓者聚居一起，而姓「淡」的多出富豪，擅於建築、雕刻，在當時這行業往往很能賺錢。

冷血很快就判定眼前的情形：搶劫後殺人放火！因爲除了這些身留傷痕的死者外，從一些未被燒燬的傢俱中，看得出來曾經被翻箱倒櫃的搜掠過，而且這四、五十戶人家，有一半的住戶並不毗鄰相接，大火不可能既不留一家房子，也不留一個活口！

——那必定是盜賊所爲！

只是一般盜賊搶劫之後，也不至於非要殺人滅口不可，擄劫雖是重罪，但未至死罪，殺人卻是死罪。何況是殺整條村子的人。

更何況據冷血所知，這已經是第五宗的集體屠殺案。

——在這之前，陳家坊、照家集、鄢家橋、鞏家村，全都一樣，先遭搶劫，後遭殺害，無一活命！

尤其陳家坊和鞏家村兩家內不乏武林人物護院，高手在內，居然一夜間教人殲滅得雞犬不留，普通盜賊是絕不可能辦得到的。

因爲這幾件案子死人太多，又撲朔迷離，無跡可尋，所以冷血奉命來這一帶調查。

而今卻又給他撞到這一樁。可惜他遲來了一步，殺人者已遠颺而去。

冷血忽然趴在地上，以左掌壓地，屈肘側臉，以左耳貼近地面細聽。

——大概在半里以外，也就是山坳河畔的灌木林處，有物體輕微而急速移動的聲音。

冷血以耳貼地，他聽出半里之外，有了動靜。

——大概有十三、四個人，正迅速地退走，這些人以羚羊奔躍的速度迅速撤退，但發出來的只是一絲微到幾乎令人無所覺的如蚱蜢在草間躍動的聲響；如果他們手上不是提著重物的話，那麼，連衣襟摩擦灌木、茅草的聲音也想必不會發出來。

令冷血驚詫的是，他肯定有十三個人的步伐聲，還有一、二人則發出輕如小雞破殼而出的輕響——但冷血不能肯定究竟是一個人或者是兩個人。

但他可以肯定的是，這一或兩個人，才是這些人的領袖，而且武功、內功、輕功都很高明。

冷血只有一個人。

可是冷血辦案的時候，從來不考慮對方有幾人。自己這方面又有幾個人？

二

就在冷血快接近那山坳河畔之際，他忽然發覺，那些人彷彿在空氣中消失了一般，完全沒有聲響，而自己正接近一大片茅草、灌木以及野杜鵑花滿布的坳地。

那些人突然沒有了聲響，那只有一個可能，便是不再移動了。

那些人忽然不再移動的原因，很可能是在自己發覺了對方行蹤的同時，對方也發現了他的追蹤。

他畢竟不是追命（「四大名捕」之三），他的追蹤術仍不如追命高明。

江風徐來。

山杜鵑一陣輕顫，滿野的山杜鵑一齊擺動，紅似鮮麗的血。冷血徐徐地站直了身子。

地上有幾行凌亂的足印，足印至此不見，顯然是匿入茅草、杜鵑叢中去。

冷血靜靜地站著，一手按著劍，劍無鞘。風自他左右前後低低呼嘯，空氣沁涼，江邊天低無雲。

冷血冷冷地道：「出來。」

風在急掠，山杜鵑吹得一陣急搖，鮮紅的花瓣落在灌木叢中。

左邊的杜鵑花叢忽然簌簌一陣急顫。冷血的左耳立即動了，像鹿的耳朵聽到一些異響一般，微微豎了起來。

冷血的眼睛閃著刀鋒一般冷之光芒。他第二次喝道：「出來！」

簌簌一陣連響，四、五隻水鳥自左邊花叢急掠而出！

在這一剎那間，右邊野杜鵑叢中閃電般撲出二人，刀光疾閃，飛斬冷血！

冷血雙眼，看的是左側的山杜鵑叢，但他右手發劍，腳步在瞬間走了七步，那兩個偷襲的人，一起發出了慘叫。

慘叫只有半聲。

冷血的劍，已刺入了兩人的胸膛，但並沒有穿過他們的背部，僅僅是刺穿了心房——在這刹那間，冷血右手的劍，已經握在左手上。

因爲左前灌木叢中，又急掠出二人！

這兩人一飛起如鷹隼，鋁鉤直奪冷血頭部，另一人鐵拐急掃冷血腳脛，竟是地蹚刀法的變招！

但這兩人只使出了半招。

因爲招勢甫起，兩人的咽喉已被刺穿，冷血的劍，又交到了右手。

他一劍往後刺出！

他背後是一叢濃密的山杜鵑！

「哧」地一聲，冷血抽劍，血自杜鵑叢中迸射而出，灑在紅彤彤的山杜鵑花之上。

在這短短的電光石火間，冷血已殺了五個暗算他的人。

冷血收劍，凝視百丈外一棵茂盛的紫色杜鵑，這一紫杜鵑被整百棵白杜鵑像士兵圍著女皇一般圍住。冷血一字一句地道：「我不想殺你們，你們別逼我。」然後他深吸一口氣，道：「出來吧。」

他說到這裡的時候，那五名偷襲者才踣倒於地。

三

風在江上低低的呼著。

天灰濛濛，氣候也涼颯颯的，幾隻水鳥在江上巡迴。

仍是沒有人回答。

冷血緊抿著唇，眼睛露出一種極堅毅的神色來。

他撥開茅草，往那紫色的杜鵑花叢走去。每踏一步，比他剎那間五劍殺五人的時候更慎重。

紫杜鵑在七十尺外。

冷血左手已按住了劍鍔，嘴角有一種極之冷峻的微微笑意。

紫杜鵑在五十尺外。

他步入了一片白色山杜鵑叢中。這堆白色山杜鵑十分純白，白杜鵑後側有七至十棵橘色的野杜鵑。

紫杜鵑在三十尺外。

倏然之間，數十朵白色杜鵑像數十隻白色的鳥，撲面向冷血打來！

那不是杜鵑！

——那是極厲害的暗器！

數十朵「花」驟打向冷血，冷血若退，就只得退入橘色杜鵑叢裡，但冷血並沒有後退，反而急促迫進。

剎那間，他俯衝前進十尺。他前衝的時候，已迅速脫下上杉，露出赤精的上身，在寒風中急撲，「白花」全被他的衣衫兜住捲住！

同時間，白杜鵑花叢中滾出了七片刀光，有些捲向冷血頭部，有些劈向冷血頸部，有些斬向冷血胸部，有些砍向冷血腹部，有些絞向冷血足部。

雪白的花漫天一晃而沒，繼而下來的是雪白的刀光，鋪天而至！

劍光破刀光而入！

刀光遽止！劍光急閃了五下，白色開得正燦爛的杜鵑花被灑上了熱辣辣的鮮血，六個人，捂住致命的傷口，倒在花叢裡。

刀捲冷血頭部的殺手，頭部中劍。刀劈冷血頸部的殺手，頸部中劍。刀斬冷血胸部的殺手，胸部中劍。只有刀絞冷血腿部的大漢，出刀方位較難，所以出手慢了一些。

他出手只慢了一慢，就看見五道劍光，然後看見跟他一起出手的六個人，一齊倒了下去。

要不是他親眼看到，說出來給他聽他也不會相信，他目瞪口呆，所以那一刀，也絞不下去了；所以他還活著。

另外一個殺手，霍地從白杜鵑花叢中冒了出來。

他本來的任務是截斷冷血的退路；但當他一冒出來的時候，發現他十二個一起出來幹買賣的兄弟只剩下了一個，他的眼睛已經不是要封鎖別人的退路而是要爲自己找活路。

冷血看也沒看他們。

他冷電也似的厲目，仍盯著那株紫色的山杜鵑。

「出來！」他喊。

風掠過灌木叢、茅草以及山杜鵑，沒有回應。

冷血冷冷地道：「你要我揪你出來——」話未說完，遽然背後急風劈背！

冷血心頭一凜，全力往前衝，劍往後刺出！

背後的人悶哼一聲，顯然中了他一劍；但他背後一涼，也捱了一記。

他前衝勢子未歇，紫杜鵑叢倏然閃出一個人！

這人一現身，出劍！劍長十一尺！

冷血驚覺的時候，胸膛已中劍！

若他繼續前衝，勢必被長劍刺成串燒肉一般！

但他在中劍的刹那間，向前一俯，斜滾了過去，那人眼前一花，已失冷血所在，忽然之間，腰際一涼，冷血的劍已刺入他的腰際。

他大叫一聲，倒下，倒下，後面擊傷冷血的人，和那兩名殺手正掩殺過來，但那長劍人倒下的身形擋得一擋，冷血已不見了。

杜鵑花叢邊有幾滴鮮血。

四

冷血滾入杜鵑花叢中，背後胸前的刺痛並沒有讓堅忍的他崩潰。

十七歲的時候，他就曾經身掛二十三道傷終於把一個武功高他五倍的武林高手擊倒，以後五年大大小小的數百役，他很少有不負傷的，但從來沒有不達成任務的。

可是他背後的傷口發麻，胸膛的傷口發癢，他的雙眼發黑——也就是說，背後暗算他的人兵器有麻藥，前面突擊他的人兵器有毒藥。

如果他沒有弄錯的話，毒藥和麻藥，都來自江湖上一個勢力與實力都極其龐大的家族。

這種獨門麻藥及劇毒，冷血也消解不了。

他心中痛恨自己的疏忽。

他一早已伏地聽測：對方有十三、四人，武功都不弱，其中十三人，還不怎樣，另外有一、二人，武功、輕功、內功都極高，行走時幾乎分辨不出來。

他在第一輪格鬥中連斃五人，第二輪衝殺裡又殺六人，餘下兩名殺手，並不足畏，他是準備留活口來問供。他集中注意力，是在那簇紫杜鵑花叢中那武功特高的人。

可是他居然沒有察覺到，武功特高的人不只一個。紫杜鵑叢中確有一人，而後面橘黃杜叢中，還有另外一人！

當另外一人乍起偷襲他時，他前衝得快，被刀鋒掃中，在那剎間，他又判斷錯誤。他以為最大的敵人在後面，只顧著俯衝，忘了前面紫杜鵑花叢裡的另一個大敵，仍然是存在的。

所以他被那人的特長奇劍所傷。

雖然他也及時滾進刺殺了那人，可是此刻他的處境，已完全陷入挨打的狀況，就算是普通人見過他，也能置他於死地。

更何況對方有三個人——兩個殺手和一名負了傷的大敵！

第二回　鐵手破長刀

一

茅草急搖，杜鵑被利器殘割得花瓣片片飛起，敵人正在全力搜索著，要把冷血找到後撕成碎片！

他們用刀劈開茅草，斫倒山杜鵑，一直搜索過去。那在背後斫傷冷血的漢子，陰霾的臉孔，賁筋露節的手，而手中所握的刀，卻長及十三尺！他刀一揮，灌木整排倒下去，茅草也空出一大片的地方來。

他每揮一刀，就像風吹蠟燭一般，一削就是一大片。就在這時，他聽到一聲怒喝。

他霍然回身，就看見自己身邊僅剩的兩名手下之一，刀已砍在冷血的髮鬢裡，但尚未觸及頭皮，冷血的劍已刺進了他的胸膛。

人已死，力已盡，刀自然也砍不下去了。

冷血身上披著血，大口大口喘息著。

那使長刀的高手嘴角有一絲冷酷的笑容，緩緩地舉起了長刀，長刀在黯淡的陽光下炫耀出一陣奪目的金花。

「現在你還能接我一刀，那我就佩服你。」

冷血不能。

他發覺自己連那嵌進敵人胸骨的劍也無力抽出來，他還要藉著劍插入對方胸膛的力量才勉強站得起來。

——剛才那一劍，已耗盡他最後一分力。

天也旋，地也轉，那人的長刀，也在恣威地呼嘯著旋轉，四周的茅草翻飛，被其刀氣旋成一道急風。

——幾時，這一刀要斫下來……

忽聽一個寧定溫和的聲音說：「要是你斫中這一刀，我在你的右側，你的大迎、鐵盆、膺窗、髀關、五里附近等幾處穴道，都有破綻，所以你不能斫。」

那刀客一聽，驀然一驚，若自己這一刀砍下，那五處穴道確是露了罩門，他霍地躍開半尺，轉身向發聲處，刀揮更急，冷冷地問道：「要是我這一刀，是向你而發呢？」

那人仍是溫和地道：「那你華蓋、天突、輒筋、日月、曲澤、大陵、承扶七處穴道，更加危險，這一刀更不能砍，萬萬不得的。」

刀客一聽，連冷汗都冒了出來。

原來那人所道破的正是他這一刀的七處破綻。刀客望去，只見那漢子大約三十來歲，身著灰衣，臉帶微笑，很是溫和。

只聽冷血叫道：「二師兄！」喜悅之情，溢於言表。「噗」地一聲，這才支持不住，往下趴倒。

冷血的二師兄正是「四大名捕」中的鐵手，鐵手為人謙沖溫和，又最是正直機智，武功以內力渾厚、一雙鐵手為天下二絕。冷血雖然夠狠也夠堅忍，快劍拚命無人不懼，但與鐵手相較，仍是稍遜一籌。

冷血這一聲呼喊，刀客心裡懍了一懍。但他立刻想到：對方能道出他出手的破綻，並不稀奇，只要他出手如電，在那電光石火一刻間，對方又如何擊得中他的破綻？等他打著時，早已被自己劈爲十八截了。

想到這裡，那刀客登時膽壯了起來。

鐵手像知道他心裡想的是什麼似的，道：「『鎖江刀』岳軍，你還是不要輕試的好，你的刀勝於長，也失於長，你一刀不中，給我搶進了中鋒，你就只有棄刀的份兒。」

岳軍的臉色變了，他的刀仍揮動著，發出虎嘯一般的聲音。事實上他在使著眼色，要他剩下的一名手下突擊鐵手。

他本來還不相信對方有此能耐，但對方能一口道出他的名字來。

他雖然還是不服氣，但還是選擇了一個比較安全的方式：讓手下先秤秤對方的斤兩！

那手下三角扁錐「嘯」地一聲，捌向鐵手背門。

岳軍在等鐵手動手，不管鐵手是閃避或反擊，都會精神分散，露出破綻，而他就會在那一剎間出手，把這唬人的傢伙斬成六十二段！

但是鐵手並沒有出手。

他只是把頭向後一仰，「砰」地一聲，他的頭正撞在那殺手的臉上，那殺手怪叫一聲，給撞得滿天星斗，退了七、八步，一跤坐倒於地，伸手一摸，一手是血，鼻子已軟扁得像條海參。鐵手那一撞，簡直跟銅沒什麼兩樣。

就在鐵手仰著後撞的同時，岳軍長刀出手，「獨劈華山」，直劈下去！

岳軍這一刀，曾經把君山頂上一塊龐大的飛來石斬成兩半，又曾經把嵩山千年將軍柏劈爲二段，連當年「大力將軍」高加索的熟銅黃金杵，都被他一刀砍成兩片。

這一刀之聲勢，已不在昔年「長刀神魔」孫人屠之下。

鐵手身形後仰，這一刀之勢顯然要把他自臉門劈開，破膛而入。刀鋒未至，刀風已把鐵手的衣鬢激揚起來。

刀風遽沒。

刀風沒入鐵手手中。

鐵手以一雙空手，拍住了刀身。

岳軍的臉色變了。鐵手笑道：「我都說了，你這一刀還是不要出手的好……」

鐵手的話並未說完，「登」的一聲，岳軍既抽不回長刀，發力一拗，刀身中斷，斷刀直刺鐵手腹部！

這下變化不能說不快，但岳軍只來得及看見鐵手笑了一笑，然後眼前一黑。

等他再睜開眼睛的時候，又看見鐵手跟他再笑了一笑。

只是這一笑再笑的時間裡，岳軍的眼前曾黑了一黑，這黑了一黑，其實就是鐵手避過刀刺，和身攫上，搶入中宮，雙指在岳軍的雙目眼皮上，輕輕按了一按，再退身回到原來的地方。

對手可以令自己全無抵抗的給按住了眼睛，如果要下殺手，豈不易如反掌？

岳軍楞住了，他的刀也頓住了。

鐵手並沒有封了他的穴道，但對岳軍來說，震撼的心情使他幾乎自封了他自己全身的穴道！

只聽鐵手溫和地道：「岳軍，我知道這些案子不是你和『黃河劍』唐炒主謀的，至於你們的十三名手下，更不知內情，你只要好好地跟我說，說不定，罪能減輕……」

岳軍雙目直勾勾地，用一種近乎嘀咕的聲音反問：「罪能減輕？能減到多輕？我殺過的人，你們豎起手指算也算不完；我放火燒過的房子，比過年過節燒元寶冥紙還多；我搶劫過的錢財，還多過攻城陷地兵馬的大肆搜括。你說我照實講，就能減罪，能減什麼刑？不用殺頭？終身監禁？坐個十年八年，受獄卒踢打踹蹴得像頭狗？還是只關十天八天跟偷大餅的小偷同罪呢？」

鐵手怔了一下。岳軍冷笑道：「橫也是死，豎也是死，反正我也打不過你，你要我說出主謀，道出內情，豈不是讓我連替我報仇的路子都塞死了？你那般甜言蜜語，去騙些三年道行的小毛賊還可以，跟我說只是號角裡塞棉花，吹不響的！」說著又舉起了刀。

鐵手搖手苦笑道：「岳軍……」

岳軍揮刀，刀雖被拗斷，但仍有三尺餘，鐵手滑步閃開，聽「噗」地一聲，斷刀刺入剩下的一名手下腹中，沒入三尺，破背而出！

鐵手怒叱：「你想殺人滅口……」岳軍回刀欲自盡，鐵手閃電般已握住了刀！奇怪的是鐵手一雙血肉的手，碰在鋒利的刀身上，刀竟寸寸碎裂，只剩下空禿禿的刀鍔，鐵手冷笑道：「你不能死，你死了，我們的線索便要斷了。」

忽聽「哧」的一聲，岳軍的刀鍔尖端，竟射出一截三寸長的短刀，插入心腔，岳軍的臉上，立即現出一種似笑非笑的神態來。

「饒是你武功高絕，我殺不了你……但是你還是阻不了我……阻止不了我……我殺自己……」岳軍說完了這句話，便倒了下去。鐵手扶住他，但很快便知道他已失去了生命，只好放了手。

一下子，那十三名兇徒與唐炒、岳軍，全部喪命，鐵手迄此，不禁微噓了一聲，到了這時，他和冷血所掌握的線索，又告中斷。

他立即搜索唐炒和岳軍身上的東西，他對藥理一向精通，終於分辨出兩包搜獲的藥粉，讓冷血服下。大半炷香時分，冷血的臉漸有了血色。

鐵手扶著冷血的肩膀，說道：「你怎麼了？」

冷血道：「老樣子，受傷，還死不了。」他目光轉了一轉，只在鐵手臉上逗留了一瞬，立即又轉了開去，但就在那一瞬間他的眼神是極溫和的。

「只是這一次要不是你來，可能我就真的死掉了。」

鐵手笑了。「人稱『鐵打的冷血』，整個身子是鋼鑄的，你二哥只有一雙手能討口飯吃，能救你只是湊巧而已。」

冷血道：「二哥別取笑了，你救我又何只這一次？只是……你不是要到陝北去抓拿大盜唐拾貳的嗎？怎麼會恰好來了此地呢？」

鐵手笑道：「世上那有那麼多恰恰好？人人不是說我們這些六扇門的，要人的時候沒人，不要人的時候偏來煩人嗎？大盜唐拾貳是給我拿住了，但此人還牽涉到一連串的聚眾劫殺案裡，其中似有很大的陰謀，我追查尚未有頭緒，唐拾貳就被人毒死了。」

冷血問道：「你所說的聚眾劫殺案是指……」

鐵手道：「近月來，這一帶河南鄧家、真心道場、年家寨、河北宋停墨酒莊，總共大大小小八百餘口，全被人擄掠劫殺，無一倖存……這跟你所奉命調查的案子稍有不同，我上述四家，全是武林名家，而你稽查的陳家坊、照家集、鄢家橋、鞏家村都是屬於不會武功的民眾，爲何兩河這八處文武世家、村寨，均遭滅門劫殺呢？他們唯一的相同點，就是這八處人家都坐落在兩河一帶，且都相當富庶。可是，據各方跡象看來，一般土匪強盜未必有這樣手辣心狠，而且，屠村毀坊也無此必要，加上這班做案的人，個個武功高強，不是普通的武林敗類，據探查所得，頭領有六個人……」

冷血道：「從何得知？」

鐵手笑道：「問得好。我擒獲大盜唐拾貳，他圖以驚人罪案之主謀人的秘密告訴我，來換釋放他的條件。」

冷血道：「你當然不會答應。」

鐵手道：「無論在公在私，我都不能答應。我只好勸他把案情說出來，好減輕他的罪行，他以爲我不相信那案件的重要，便問我知不知道最近真心道場等兇案，而且他還暗示造成這連串殺戮的，頭領有六個武林高手，但其主謀人的地位更高，而且這裡面還牽扯到一場武林中極大的陰謀……」

冷血點了點頭道：「『黃河劍』唐炒，是以暗器稱絕江湖的蜀中唐門外系子弟，也是唐門罕見、武林少有的用劍高手；『鎮江刀』岳軍，自擊敗『大力將軍』高加索後，名噪武林。這兩人會受人所用，打家劫舍，看來所涉的陰謀，自非同小可……」

「這個當然，」鐵手嘆道：「可惜唐拾貳還沒能把話說下去，一個黑衣蒙面人就衝進來，與我大打出手，他武功極爲詭異，交手五十招，他忽然退走，而唐拾貳卻在全無抵抗之下，被人迎臉撒上一蓬毒粉，死了。」

「照這麼說，」冷血沉思道：「對方已知道你追查此事了。」

鐵手道：「那黑衣人武功極高，如夥同殺死唐拾貳的高手聯合戰我，我十之八九難逃毒手，但對方似乎只想殺人滅口，斷了線索就算……我近日伺伏兩河一帶，果然給我遇見了這淡家村的大火，趕了過來，沒想到及時救了你。」

冷血道：「可惜那六個頭領，只剩下兩個已死的人，我們知道是岳軍和唐炒，其他四人，卻不知是誰。」

鐵手道：「正是。若是這種案子迄此結束了，我們再也沒有辦法追查下去，爲那八夥人家查出兇徒了。」

「可是，」鐵手笑了一笑又接道：「天網恢恢，疏而不露，就算他們不再作案，這一群喪盡天良之徒，不管匿伏到天涯海角，都總會有一天因爲某些事，而露出了他們的狐狸尾巴來。」

二

的確，或許因爲風聲太緊之故，這種滅門劫殺慘禍的確銷聲匿跡了一段時間。

但是另一件怪事卻發生了，而且跟這一件案子慢慢起了關聯。

那件怪事，就發生在跨虎江上。那時候，冷血正在養傷，而鐵手守護著冷血，讓他靜心養傷。

第二部

失魂刀法碎夢刀

第一回　明月清風跨虎江

一

跨虎江上，明月照亮。

此時正值十六、十七，月色份外明亮，照得跨虎江份外清麗。

江上數泛舟，岸上有蘆葦。

二

泛舟江上的舟舫，有的大，燈彩輝煌，有的小，精巧雅緻，其中最大的一艘畫舫，泊在江中櫓橋畔，張燈結綵，鶯歌燕語，絲竹之聲不住浮泛江上。

不用說，這艘畫舫氣派之豪華，佈置之風雅，加上畫舫上豔若桃花的名妓，和逡巡在畫舫周圍負責守衛的壯丁，若不是習家莊，誰也請不起這干人，出得起這般價錢。

現任習家莊莊主習笑風，雖然年紀輕輕就是一莊之主，卻也是一個好色的人。

◇◇◇

習家莊世代相傳的「失魂刀法」，名震武林，由二百二十四年前，打遍關中無敵手習豫楚所創，勢走輕靈，法走迷離，後傳三代，至習祈堂手裡，建立兩河武林第一世家習家莊，幾可與「南宮、慕容、費」、「上官、司馬、唐」相捋。後又傳五代，到了大俠習奔龍手上，習家莊可謂到了巔峰，不但人多勢眾且得令譽，習奔龍不但是使刀高手，而且也是鑴刀好手。他費煞苦心鑴冶了一柄「碎夢刀」。

「碎夢刀」的煉冶方法已經失傳，據悉是在一個罕世難逢的奇緣下，才由習奔龍取得了兩塊奇鐵，冶合在一起，才能鑄成這把奇刀。習奔龍鑄成這把刀後，又繼遠祖習豫楚八代之後，再拿到了「關中第一高手」的名號。

要知道當時武林人才輩出，武功遞增，就算是當年「失魂刀法」創始人習豫楚在世，也未必能在關中武林爭得前矛之名，但習奔龍能以「碎夢刀」使「失魂刀法」，功力遽增十倍，輕易擊敗了所有強敵。更奇怪的是，在比武中凡是被「碎夢刀」擊傷者，不論傷勢多輕微，一律失去鬥志，而俯首臣伏，所以習奔龍奪得了「關中第一高手」稱譽。一時間，習家莊的名頭，也到了無人敢攖其鋒銳的地步。

可惜奪得第一高手之名的習奔龍，或許因太興奮、太高興之故，猝然暴斃。看來，一個人無論太奮悅還是太沮喪，都是不好的，連身懷絕技的武林高手也不例外。

不過，習奔龍亦可謂死得其時，就在他聲名如同日正當中的時候暴卒，使他留下一不墜聲名，以及武林後輩的緬念，提起「失魂刀法碎夢刀」的習奔龍，誰不豎起拇指，說一聲好。

習奔龍死後，便是第九代習家莊主人習酒井繼任。習酒井不像他老子好與人爭鋒，倒是淡泊名利，鮮少在江湖上惹事。不過習家莊依然聲威過人，有什麼事情只要吩咐一聲，也沒聽過誰敢留難的。要知道習家莊「失魂刀法」，已是一種難以匹敵的刀法，加上習家「碎夢刀」之十倍功效，試問誰敢與之力敵？

習酒井人如其名，喜歡酗酒，習家莊雖不求發展，但聲望仍隆。習酒井就如此平安過了半世，到了五十八歲壽辰過後十天，突然暴卒，據說是酗酒太厲害，以致傷了身體。

第十代習家莊莊主便由年輕的習笑風擔任。

習酒井暴斃後，武林中對習家莊的尊敬，已大不如前。所以習酒井一旦暴斃，不少人窺視習家莊的財雄勢大，藉故向習家莊挑釁尋仇，希望掀翻習家莊，自己來做盤腳老大。

可是這些挑戰生事者，全被擊垮。負責解決這些麻煩的人通常是兩個人：習家莊管事習良晤、習家莊管家習英鳴。

一般的人，別說想跟習家莊莊主習笑風別別苗頭，就算想敵得過管事習良晤、管家習英鳴二人手上的刀，也絕不容易。

這幾年來，也有一些高手能直接與習笑風少莊主交手的，主要是因爲那些武林人物也是一方之豪或霸主、寨主、峒主等身分，他們與習笑風一較身手，都被總管唐失驚接戰所敗。

唐失驚是習家莊的總管，相形之下，習良晤只能夠算是「三管家」，習英鳴便是「二管家」，而唐失驚才是「大總管」。

唐失驚在武林中的地位，絕對可以與一方宗主抗衡的。

唐失驚本來就是武林中一名出類拔萃的高手，難得的是他辦事才幹，更在他武功之上。他三十歲就成名，三十一歲就被山東落雁幫幫主師守硯提拔，擢爲總堂主，果然短短三年間，落雁幫即成爲山東第一大幫！

唐失驚在三十五歲時跳槽陝南灌家堡，他在短短四年間，得堡中上下擁戴，成爲副堡主，聲威直逼堡主灌大任，但唐失驚卻悄然隱退，離開灌家堡，隔了一年，終於爲習家莊前莊主習酒井所收羅。

唐失驚在習家莊不到七年，地位已在習家兩大總管習良晤與習英鳴之上。他代莊主出手會敵，乃是名正言順的事情，但想跟習笑風挑戰的人，都沒辦法通得過唐失驚這一關。

所以習家莊聲名不墮，與這一位「九命總管」唐失驚實有莫大關係。

◇◇◇

習笑風不過三十五歲，臉白無鬚，眉飛入鬢，生得一副儒生雅態，平日溫溫文文的，只喜歡讀書、撫琴。

這日卻不知爲了什麼，召了一班青樓豔妓來興歌作舞，他一面大杯小杯的一口乾了杯中酒，還左擁右抱，跟幾個豔妓狎戲起來。

習家莊召來的青樓女子，可以說都是千挑萬選的，自是貌美如花，而且都有些才藝，有些擅歌，有些善舞，有些精於彈詞擊鼓、詩書琴棋。

其中一個，名叫小珍的，一雙娥眉又黑又濃，頑皮的往雲鬢裡挑，脖子又細又長，勻得像河間的鵝卵石一般，睫毛下靈動的眼珠也輕顫著，似乎對這場面有著些微的不安。

她是賣藝不賣身的藝妓，這些姑娘中，以她最清純，年紀也最小。

習家莊莊主習笑風召妓跨虎江，對姊妹們來說都是件倖寵興奮的事兒，但對小珍來說，卻有很多的疑惑。

因爲她聽習秋崖所說，習笑風夫妻恩愛逾恒，不是個花天酒地的人。

習秋崖就是習笑風的弟弟，習笑風有一個弟弟，一個妹妹。

習秋崖正在追求小珍。小珍是他心目中最崇高也最憐愛的女子，無論習秋崖打敗了那一個對手，或在江湖上遇到了任何不愉快的事情，他都會去找小珍，愛惜的撫著她的小手，跟她訴說。

驕豪仗劍的貴公子，正需要這樣一個人兒慰藉作伴。

所不同的是，習秋崖真情深注，真的要娶小珍爲妻。

這也是爲何小珍在污泥中仍能潔身自守的原因：有習二少爺在，又誰敢打這標緻小姑娘的主意？

小珍也緊緊把握住這一點：這是她怒海中的輕舟，她若失去他，一切都保不住了，只有沉淪了。

而今小珍看到自己情郎所崇仰的哥哥——習笑風，如此放浪形骸，便不自禁的在尋思：來日秋崖對我會不會也一樣？那時自己該怎麼辦呢？

她這樣暗自沉思的時候，習秋崖也正在她的身邊惴惴不安著。

他不安的原因是沒想到他一向尊敬崇拜的兄長，近日來竟會如此失常，這種樣子給小珍看到了，她會怎麼想？

——大哥對大嫂一向恩愛，但是最近卻……

習秋崖已來不及多想，因爲習笑風在問他話。

「秋崖。」

「大哥，什麼事？」

「我是莊主，習家莊的莊主，」習笑風瞇著眼睛，狠狠地盯他弟弟道：「你憑什麼叫我做大哥？」

「我是你弟弟呀。」習秋崖沒想到他哥哥會這樣說。

「你總是以兄弟相稱，不肯叫我做莊主，」習笑風逼視著他弟弟道：「你是想奪我這位置是不是？」

習秋崖被這突兀的問題問得張大了口，卻答不出話來。

這時，群妓中有個資格最老、善於應酬的倪三娘陪著笑，妖妖冶冶的把鳳仙花汁醮紅了指甲的手，搭在習笑風肩上，「哎唷，莊主，怎麼啦，兄弟倆還計較這個幹甚呀？莊主若是氣悶，找我們軟唏哩的消消氣不就行了麼？」

習笑風的回答令所有的鶯歌燕語住了聲。

他沒有回答一個字。

他只是一巴掌掃了過去，打脫了倪三娘上下三隻門牙，三娘腫紅了臉，倒在船上，娘兒們驚呼，卻沒有一個敢再說一句話。

習秋崖見狀，忍無可忍，霍地站起：「大哥，你——」

習笑風連目光也不抬，「究竟誰才是習家莊的莊主？」

習秋崖氣極，答道：「這，這還用問嗎——」

習笑風冷冷地插了一句：「誰是？」

習秋崖氣得什麼似的，又強忍怒氣，「當然是你了，你——」

習笑風又截道：「習家莊對莊主的規矩，你可曉得？」

習秋崖臉色變了變，終於道：「習家莊莊主的話，就是命令，生死無有不從……但是哥哥……莊主，你要是——」

習笑風忽揚起下巴道：「你想跟小珍成婚？」

習秋崖呆了一呆，他沒想到習笑風會忽然這麼一問，原本他早已想跟哥哥提起，但一直難以啓口，他瞥見小珍的紅潮泛到白生生的脖子上去了，便吸了一口氣，道：「莊主，我正想向你提這件事——」

習笑風擺手，「不用提了。」然後說：「好漂亮。」這句話聽在習秋崖心裡是甜甜的。

隨即習笑風又吩咐了一句話，一句讓習秋崖聽了跳起來的話。

「叫她脫了衣服，讓我看看。」

三

這句話一出口，不但習秋崖、小珍都變了臉色，連旁邊的藝妓們都張口結舌起來。

身為習家莊的莊主，而且是習二少爺的親哥哥，居然說得出這種話，還有什麼事情不敢做？

習秋崖和小珍同時漲紅了臉。

小珍紅了臉是因為女子的本能，而習秋崖紅臉則是因為憤怒。

他氣得別過頭去，看他身邊一個紅臉白衣人。

那人不是誰，正是習家莊的「九命總管」唐失驚。

唐失驚乾咳一聲，欠一欠身，道：「莊主——」

習笑風怒喝：「住口！」「刷」地抽出腰間的刀！

這只是一柄平凡無奇的鈍刀。

但刀畢竟是刀。刀象徵著權威、殺氣、血腥……等等可怖的景象，這把刀雖鈍，但同樣有那種威力。

這柄刀一出，唐失驚立刻閉了口，旁邊的藝妓們齊齊驚叫一聲，都露出駭然的神色，掩住嘴巴。她們原以為今晚素來風雅的習家莊莊主相召，必定是文雅風流，沒想到他還是像強盜流寇一般，手裡握著刀，臉容犯了煞般的兇惡可怕。

只見習笑風的俊雅悠閒神態全消失了，而白臉上青筋突動著，淌了幾行細細的汗，眼睛發出冬眠的毒蛇一般冷幽的光芒。

「這是什麼？」

習秋崖憤聲地應道：「祖上傳下來的刀。」

習笑風冷冷地說道：「這刀是代表什麼？」

習秋崖激聲道：「大哥——」

習笑風冷冷地道：「習秋崖，你若答不出家法，可是死罪一條。」

習秋崖強忍激動，「我答得出。這刀是家法，凡習家的人，莫有不從。」

「好。」習笑風淡淡地道：「你既答得出來就好。」他揚著刀，在月光下說：「現在我以這柄家傳寶刀號令你，脫了小珍的衣服。」他嘿嘿一笑，悠然道：「讓我看看，也讓大伙兒看看。」

四

習秋崖狂吼了一聲，小珍忍不住低泣出聲。唐失驚上前一步，清了清喉嚨，看來似想勸解幾句。

習笑風揮著刀，格格地笑道：「任何人都不得勸解，不得違抗，誰反對我，就是與習家莊為敵，格殺勿論。」

唐失驚雙眉迅速地皺了一下，欲言又止。

習笑風瞪著目，問：「妳脫不脫？」

習秋崖摟護著哭泣驚惶中的小珍，挺身昂然道：「大哥，你瘋了——」

習笑風怒笑：「你敢違抗這家傳寶刀之命？」

習秋崖臉上的肌肉抖動著，艱辛地道：「不敢……」

習笑風怪笑道：「那就好辦。你要是不肯脫她的衣服，那就跟她一齊跳進江裡吧。」

他搖頭擺腦的說：「今晚月明風清，多麼優美，月色印在河心上，——你們沒聽說過唐朝有個撈月的詩人李白麼？你們就去把月亮撈上來給我吧……」

習秋崖的臉色完全變白。習家莊有一個很奇怪的條例，可以說是一種禁忌，是這兩三代才實行的，就是習家莊的子弟都不許游泳，不得近水，誰入了水，誰就不是習家子弟！

習笑風這樣說，當然旨不在撈月那麼簡單，甚至可以說是將習秋崖逐出門牆，也可以說是處習秋崖與小珍死刑，因爲習秋崖不諳水性，至於小珍這樣一個弱女子更不用說了。

習秋崖氣得全身顫抖起來，他實在不明白他親哥哥爲何變得這樣子。

只聽習笑風又道：「要是你們撈不到月，就不要上來見我了……昔時詩仙爲撈月而死，他還是孤零零的一個人，你們一雙一對，這樣死法，真箇是只羨鴛鴦不羨仙了。」

習秋崖怒道：「大哥你——」

習笑風「嗆」然出刀，一刀向習秋崖砍去。

小珍尖叫一聲，習秋崖沒想到習笑風真的會向他下毒手，晃了一晃，摟住小珍急退，已退至船舷。

這時船上藝妓們呼叫紛起，習笑風跟著逼進，又一刀砍向小珍。

習笑風這一刀砍向小珍，比砍向習秋崖還令習秋崖難應付十倍，小珍不會武功，當然閃不過這一刀，而兩人又無可退身之地，習秋崖搶身挺進，及時以雙手扣住了習笑風握刀的手。

「大哥，你別逼我——」

習笑風雙目欲裂眶而出似的，叱道：「這刀你也敢碰！」

習秋崖一怔，就在這一怔之間，習笑風另一隻空著的手，已點了他三處穴道。

習秋崖咕咚一聲，摔在船上。

小珍哭著撲了過去，但她不會解穴之法，是怎麼搖都搖不醒習秋崖的。習笑風笑吟吟，很滿意的看著一個癱瘓、一個哀泣的人，下令道：「脫掉他們的衣服，把他們扔到江裡去，快！」

藝妓裡有一個忍不住顫聲勸道：「莊主，自己兄弟，何必呢？」

另一個也是久經世面的女子接口說道：「莊主，二少爺不懂得尊重你，你教訓教訓他也就是了，弄出人命來，可犯不著……」

習笑風笑了。

眾人正心頭一寬，忽見習笑風揮刀。

一刀，兩個人頭。兩個說話的藝妓，都身首異處。

這情況的慘烈，使得沒有人敢驚呼，沒有人敢說話，甚至連移動也不敢。

習笑風慢慢地收回了刀，刀入鞘，發出令人牙酸的聲音：「照我的話去做。」

到了這個時候，誰敢不照著他的話去做？

五

小珍是個很美麗也很純潔的少女，在月光下，身段如此勻美白皙，連在場見過世面的女人們都不免爲之心動，也爲之心痛，她緊迸的腿，嫣紅的蓓蕾，甚至不敢睜開的眸子，也抵得如此讓人疼惜。

然而習笑風要把活生生這樣的一個人兒，拋到江裡去「撈月」。

習秋崖無疑地也是個好看的男子。他自皙但壯闊的胸肌，秀氣但有力的臂膀，可惜，因被點了穴道無法作任何一絲掙扎的被丟進江裡去。

習家莊的壯丁們雖然面對小珍姣好的肉體，卻不敢多碰觸一下，因爲，他們的莊主習笑風說了一聲：「快！」

誰曉得莊主在發什麼神經？

要是萬一弄不好觸怒了他，乖乖，敢不成自己也一樣給咔嚓一聲，腦袋分了家？

直至小珍和習秋崖被拋進了江裡，習笑風這才很滿意地說：「好，誰也不准把他們撈起來，聽著，誰救他們，我便殺誰。」

誰也不敢救。

然後習笑風下令回航，途中一面擊琴而歌，一面狂飲吟詩，吟到淚流滿臉，這才罷去。

藝妓們到這時候才敢嘔吐。

◇◇◇

江水皎潔，明月清風。

誰曉得如此月明風清下，最雅麗的畫舫上、最優美的江水中，有這樣一樁齷齪、殘酷的慘事？

六

可是就當小珍被拋落江心的剎那間，在跨虎江畔一艘小舟上的兩個人，都一齊震了一震。

那帶傷而神色冷凜的年輕人說：「有人落江。」

另一個臉帶和風一般笑意的青年人道：「是給人扔下去的。」

於是，他們立刻放棹趕去，那時，畫舫已在歸航途中。

第二回 三管事與二管家

一

三日後，惴惴不安的習家莊，這日又來了兩個不速之客。

這兩個人，一個就像一柄劍，而這柄劍無一處不鋒利。這年輕人雖帶著傷，但比一隻豹子還精悍。

另外一個人高大雄壯，但神態溫文，風塵而不帶倦意，好像是一個剛剛洗了溫水浴又親了自己所疼愛的孩子與妻子，正要做點善事的青年人。

習家莊大門前可以看得見有九個壯丁，當然，看不見或隱伏著的人還不在此數。九個人中，有八個人腰繫白帶，只有靠近門檻的一個滿臉鬍碴子的大漢，才腰纏橙色帶。

那兩個人走前去，自然就被壯丁擋住，盤問：「你們是誰？」

那年輕人回答得很妙。

「我們是人。」

「你們來幹什麼？」那壯丁裝得很兇惡的厲聲問。通常很多小無賴都給他這一聲嚇得倒退回去。

「我們來找你們莊主。」那年輕人答。

那八個壯丁早已沒好脾氣，不約而同的想：這種瘟丁，欠揍來著！但又想到，習家莊素有俠名，不能隨便出手打人。

「你認識我們莊主？」

「不認識。」

「諒你也不認識。」

「不過，」那年輕人說：「我們今天就要認識他。」

那八個壯丁一齊動怒，但那腰繫橙色帶的壯漢沉咳一聲，踱了出來。

只見這人步履穩重，虎虎有威，每走一步，彷彿石階要給他踏崩一塊似的。他一雙大目，在兩人臉上游過來、游過去，好一會才問道：「敢問台駕尊姓大名。」

這次是那青年人答：「我叫鐵游夏，他叫冷淩棄，特來拜會習笑風莊主。」

那壯漢呆了一呆，冷笑：「兩位大名，倒沒聽說過，大號是……」

年輕人冷笑道：「原來見習莊主，還要大名大號才予接見不成？」

壯漢倒也不生氣，怪笑道：「這個當然。當今名人那個得暇天天見不三不四的無聊客人？如果沒有名號誰願意接見？」

青年人搶在年輕人之前道：「我看這樣好了，麻煩這位大哥先向習三管事通報一聲，說我們來了，你看怎樣……」

壯漢濃眉一皺，嘀咕道：「這些區區小事，我也可以作決定，用不著煩三管事的，他老人家也很忙……」

青年人笑道：「我們這可不是瞧不起你老大，也不是不懂江湖上的見面規矩，只是我們此趟前來，私先公後，也不便遞上名帖，至於見面禮嗎……我們吃的是公門飯，也不能知法犯法，這點要請老人你恕罪則個。」

這一番話下去，倒是鎮住了這大漢。這大漢怔了一怔，知道來人有些來路，便跺了跺足，道：「我儘管替你問問，不過，三管事他老人家這幾日忙得不可開交，可不一定見你。」

「行，行，」青年人連忙道：「只要老大肯替我通報一聲就行。」

那壯漢將信將疑的走了進去。剩下的八名大漢，眼神炯炯的瞅住二人，像心裡早已把他們當賊來辦。

不一會壯漢出來了，這回是跑出來的。那大漢這回是一疊聲地道：「兩位，對不住，小人有眼無珠，有眼不識泰山，不知兩位光臨，該死，該死……」

只聽一個響如洪鐘的聲音笑道：「習獲，就算你不該死也該打，居然不知道鐵二爺和冷四爺的大名……」

只見一人長袍綢黛綠皂靴，走了下來，白髮蒼蒼，鷹鼻勾準，一面笑著拱手道：「這也難怪他們，事關鐵大人、冷大人的名號太出名了，所以本名反倒沒幾人知，實在是……」說到這裡，他仰天打了個哈哈。鐵手和冷血也抱拳還禮，但見來人年近古稀，背微傴僂，但虎步龍行，身上無懈可擊，心中暗自一震。

只見這老頭呵呵笑道：「小老兒是習家莊的三管事習良晤，來來來，我們來給名動天下的『四大名捕』之鐵手鐵二爺、冷血冷四爺行禮，請恕怠慢之罪……」

那八條大漢聽了，更是驚詫，沒想到這兩個衣著隨便的人，竟然就是黑道上聞名喪膽，白道上人人敬佩——鐵手擒奸與冷血殲兇的兩大名捕！

二

鐵手笑道：「千萬別說賠禮，其實四大名捕這渾號，也是仗江湖道上朋友錯愛，賜賞給我們的。吃公門飯的好手，不知有幾千幾百，我們只是克盡職守，僥倖能爲百姓盡一分力而已。」

習良晤吸著煙，呵呵笑道：「兩位實在是太客氣了，試想當年『飛血傳人』柳激煙及『絕滅王』楚相玉也給兩位制服，就不見其他吃公門飯的大官大吏動過他們一根毫毛……」上述二戰俱是鐵手與冷血的英勇戰績，亦可以說是名動江湖的戰役，那把守門口的九條壯丁都點頭稱是，紛紛恭維起來。

其實這班人雖然震於二大名捕威名，心裡卻不一定服氣，但人在江湖上行走，有幾種人是萬萬得罪不得的，其中最不可得罪的一種便是公差捕役，何況是直轄於諸葛先生，辦案素來不徇私的天下「四大名捕」？是以人人都表現出一副服服貼貼的樣子，好讓這二位捕頭有朝一日自己若犯了什麼事情，也可以照得過去。

鐵手瞧在眼裡，心下嘆息，當下截道：「習管事。」

習良晤眉開眼笑道：「來來來，咱們進去喝杯水酒再說。」

鐵手正色道：「我們有事在身，這酒，是不喝了。」

習良晤瞇著眼睛吐著煙圈，「不知兩位有什麼事？」

冷血冷冷地道：「近日習家莊出了些什麼事情，習三管事一定比我們清楚，那用得我們多說。」

習良晤依然笑嘻嘻地道：「二位無妨說來聽聽，習家莊樹大招風，時有流言，乃屬常事，有些事兒外邊比咱們先聞風聲，也不稀奇。」

冷血道：「聽說七天前，你家莊主神智有些不正常，把莊裡的家畜雞鴨狗貓宰個乾淨，有沒有這樣的事？」

習良晤聽得一呆，冷血又道：「六日前，你們莊主習笑風逼姦不遂，亂刀砍傷一名莊主夫人貼身丫鬟，有沒有這回事？」

習良晤勉強笑了一笑，「冷大人那裡聽來的消息？」

冷血沒有答他，逕自道：「五天前，習莊主半夜三更跨到屋頂上朗誦唐詩，使得全莊上下不能入睡，是不是？」

習良晤布滿皺紋的臉上擠出一絲笑容，道：「莊主半夜有雅興，朗誦古詩吵了自家人，這不叫犯法吧？」

冷血不去理他，接著道：「四天前，他因芝麻綠豆的小事，大發脾氣，毆傷了三個家丁；而且同一夜裡，房裡傳出莊主夫人和你們家小少爺的呼救聲，此後幾天，你們就再也沒見到夫人和小少爺了，是也不是？」

習良晤盼顧左右，踏向前面半步，低聲道：「冷爺，咱們到裡面去談。」

鐵手道：「好。」

習良晤道：「請。」

三人行入莊內，習良晤請二人坐下，便走了進去，過得一會，有人奉茶上來，冷血、鐵手將茶放在几上，並沒有喝。

又過半晌，習良晤緩緩踱了出來，手裡提了一個沉甸甸的包袱，臉上堆滿了曖昧的笑容，把包袱塞到鐵手手裡。

「這是什麼？」鐵手問。

「一點點小意思。」習良晤說：「這是咱們二管家的小小心意，二位遠道來此，不能白跑一趟……這裡，雖說是微薄輕禮，但要在那裡買個縣太爺的官兒，也綽綽有餘了。」

鐵手笑了，「謝謝。」

「不用客氣。」習良晤又吐了幾個煙圈，「不送了。」

鐵手道：「我們不走。」

習良晤瞇起了眼，「不夠？」

鐵手笑道：「不是不夠，而是不要。」說著把包袱塞回習良晤手上，「我們要見習莊主。」

習良晤沉默半晌：「我們莊主很少見外人。」

鐵手道：「但最近發生的事，他可以不見別人，不能不見我們這些有公務在身的人。」

習良晤微笑道：「不過，他只是宰了莊裡幾隻飛禽走獸，不小心傷了一個丫鬟三個家丁，興致高起來半夜在屋頂朗誦詩歌罷了，這不致嚴重到令兩位非要把他找到不可吧？」

鐵手笑答：「如果只是這些，當然並不嚴重。」

冷血接道：「不過他在三天前，把自己弟弟點了穴道，而且脫光了一個女子的衣服，扔他們落江，還殺了兩個青樓女子，這可是殺人大罪了。」

鐵手緊接道：「而且在兩天前他還拔刀衝出習家莊，見人就砍，請問這是什麼罪？」

冷血再接道：「據說一日前習莊主雖已被你們軟禁起來，但他在莊裡把自己四名親信，包括一名前莊主的老僕殺掉，而且姦污了習夫人的親妹子。」

鐵手即道：「習三管事，你聽聽，這樣的人，我們能不會會嗎？」

習良晤皺起了眉頭，喃喃地道：「若果二位嫌一包不夠，我去拿兩包。」

鐵手道：「那麼三管事索性把全部包袱都拿出來好了。」

習良晤揚了揚眉，「怎麼？」

鐵手笑道：「免得我們說幾句話，三管事就進去一次，再說幾句話，三管事又進去一次，這樣子來來回回，三管事可變成運貨馬車了。」

習良晤沉沉地一笑，雙指自包袱裡拿出一錠黃澄澄的黃金，嘻笑著道：「你看，鐵大爺，是真金子呀。」

鐵手笑了，金子上有兩道深刻的刻印，像熔鑄這錠金子的時候就已經熔鑄上去似的。鐵手也是用兩隻手指，拿起金子，遞回給習良晤，「當然是真金，要是假的，那罪名又何只上述而已？」

習良晤接過金子，臉色卻變了。

因爲金子上面的指印，已經神奇地消失了，就像這錠黃金本來就是一錠完美的黃金一樣，完全沒有痕印。這時只聽一人哈哈大笑，大步走進來，只覺一股逼人氣勢，使得在場三人，衣袂鬚髮都往後一飄。

進來的人大笑道：「我說老三，用黃金來收買鐵二爺、冷四爺，豈不把武林中人豎著的拇指砍掉一樣！」

進來的人不到五十歲，口口聲聲叫習良晤爲老三。「我說，老三，你這回眼睛可瞧扁了！」

只見這人熊腰虎背，雙目炯炯有神，高達六尺有餘，虬髯滿腮，舉手投足間都極有氣派，但又絕不輕率，鐵手頭一抬，眉一揚，道：「二管家？」

那人豪笑道：「正是區區習英鳴。」

三

鐵手笑道：「二管家來了就好，我們想拜見習莊主，還請二管家傳報一聲。」

習英鳴笑道：「想來鐵二爺、冷四爺定必知道，就算是衙門公差要捉拿犯人，也需要上頭頒令下來……不知二位是奉那一位大人的命令，或者有什麼手諭公文，下令二位執行……」

他的話非常明顯，如果沒有上頭指示批下，鐵手和冷血雖是名捕，一樣不可以隨便入屋搜人的。

習英鳴繼續笑道：「據我所知，這裡的縣官要見我們莊主，也不致如此，至於諸葛先生，人在千里，也不可能示意你們調查習家莊的事吧。」

「不如，」習英鳴笑著道：「兩位還是先回去，我與莊主再安排時日，跟二位見面。」

「我們的確沒有上級的手令，所以今日我們來，是求見，不是緝拿。」鐵手平靜地道。

習英鳴笑了，攤攤手道：「這樣最好了。」正要說下去，鐵手卻接道：「不過我們的求見，卻是非要見到不可。」

習英鳴「哦」了一聲，道：「怎麼差役也不遵守法制，打橫來做的麼？」

鐵手笑道：「因爲習笑風已傷害了幾條人命，這種鐵證誰都可以立即採取制止的行動。」

習英鳴眼神閃動。「哦？那是尙方寶劍，先斬後奏了！」他冷笑又道：「我知道，諸葛先生轄下的四大名捕，是完全有自作主張及行動的特殊身分的，但你們這種特別權力，會不會變成濫用權力，害人誤己呢？」

鐵手和冷血聽得「濫用權力，害人誤己」八個字，都微震了一震。習英鳴又道

：「兩位辦案，先斬後奏的情形已不可勝數，諸如冷四爺在燒窯區劉九如家門前連殺四十三人，其中有沒有妄殺的？又如鐵二爺在連雲寨一役中指使柳雁平統領殺死馬掌櫃等人，其中有沒有無辜的？難道這些人就個個該殺，人人該死？你們辦案的時候，目睹朋友奮勇殺敵，但依法理，他們都無權利殺死對方，你們爲何又一隻眼開一隻眼閉，不立即將之緝捕？」

鐵手在「毒手」一案追查真兇時，曾受到一群刺客突擊，他爲自保拚命，追拿「絕滅王」，但所帶的人馬中有人因爲突圍自衛，殺了幾名援助楚相玉的連雲寨好漢，鐵手迄今仍不能釋懷。

習英鳴能言善辯，這番話下來，十分圓滑鋒銳，他又遂而一笑，道：「而我家莊主所殺傷的，只不過是些莊裡的人，以及附近鄰居，他們都自然會得到應有之賠償，不會告發莊主的，所以這些事，我們能消解得了。承蒙二位費心，我們都由衷的感激，只是……」習英鳴笑了一笑道：「鐵二爺、冷四爺處處鐵面無私，絕不徇私，不過若是濫用權力，管錯了事情，不是跟宦官奸臣，篡權橫行，或貪官污吏，使勢欺民一般目無王法嗎？……不過……」

習英鳴又一陣豪笑，「兩位是聰明人，聰明人多交朋友，少結怨，有些時候，應該要出手特別快，有些時候，應該要眼睛不大看得清楚，這樣的聰明人，素來都活得長久一些。」

「你說的話，都很有道理。」冷血道：「只不過我們選擇這行業，所爲的不是自己活久一些，而是爲別人能活得長命一些。」

「而且，」鐵手笑著道：「二管家雖然說習莊主殺的都是不敢告發他的『自己人』，但就算他殺的是他自己的兒子，我們一樣不能任由他這樣做……」

「何況，」鐵手看著漸漸繃起了臉孔的習英鳴，續道：「看來再任他胡作非爲，不但習夫人和習少爺都真的有危險，只怕習家莊數百年來的聲名，都要毀在他一人手裡。」

第三回　眨眼間有多快？

一

良久，鐵手、冷血、習良晤、習英鳴都沒有說話。

習英鳴忽然向習良晤道：「你知不知道眨一下眼睛有多快？」

習良晤立時說道：「不知道？」

習英鳴道：「那你眨一眨眼看看。」

習良晤果然眨了眨眼睛，眼睛開闔的一霎之間，習英鳴倏然出刀！

他袖裡有一柄刀，小刀，就在這一霎眼的工夫，習英鳴已發了不知幾刀，然後半空伸手一提，當習良晤再睜開眼睛的時候，刀已不見，習英鳴慢慢攤開了手，向習良晤道：「霎眼的時間就是我出刀的次數，你算算這裡有幾根你的頭髮，我一刀斷一根。」

鐵手笑道：「不用算了。」

習英鳴道：「哦？」

鐵手道：「是九刀。」

習英鳴故意笑了笑，謙道：「也不太多。」

鐵手拍掌道：「眨眼發九刀，『失魂刀法』，名不虛傳。」

習英鳴微微笑道：「卻不知鐵二爺名震天下的一雙無敵手，霎時間可以打出幾掌幾拳？」

冷血忽道：「他的拳不講快。」他說完這句話，猝然出劍。

劍指在習英鳴雙眉間一分之遙，習英鳴袖中刀才舉起一半，未及招架，已感覺到眉心肌膚被劍鋒侵寒。

冷血冷冷地道：「我的劍出手，沒有人來得及眨眼。」

習英鳴雙目注視著劍尖，冷汗簌簌而下。只聽一個人拍手道：「老二，老二，你們的玩笑也開夠了，只是與鐵兄比指力，與冷兄爭快劍，都是以卵擊石，自取其辱罷了。」

然後這聲音又道：「冷兄，鐵兄，我們吃的是這莊裡的飯，做的自然是維護莊裡的事，你們不要見怪。」

那人這麼一說，冷血只有收劍。

習英鳴這才敢一晃身，退去三尺，與習良晤一起向那人拜挹到地。

鐵手緩緩回首過去，只見來人白袍紅臉，和貌平凡，舉手投足，也沒有什麼特別氣派，而且全無備戰的模樣，鐵手拱手道：「如在下沒有猜錯，閣下就是人稱『打不死，無難事，爛泥一樣扶上壁』的『九命總管』唐失驚唐兄了？」

那人回禮道：「承江湖上朋友看得起，替我這家裡毛坑鑲金塗銀的，其實，那有打不死的事！」

鐵手笑道：「不過，在唐大總管手上，確也沒有辦不成的事情。」冷血接道：「由大總管帶我們去拜見習莊主，是最好不過的事。」

唐失驚唐大總管笑道：「傳說中冷四俠快劍高絕，堅忍果敢，但不善言詞，這是那裡的謠言！今日聽冷四俠這幾句簡簡單單的話，就可以知道造謠的人何等不長見識！」說著仰天打陣哈哈，倒是以讚美把冷血的話搪塞過去了。

冷血正色道：「大總管。」

唐失驚即道：「二位先上座，咱們薄備水酒，兩位遠道而來，萬事俱可在席上詳談。」

冷血冷冷地回答道：「只怕宴上喝的是醇酒，席上所說的是風話，待吃光喝完，大總管又送我們黃金馬匹，等於吃了就走。」

唐失驚嘆了一聲，道：「如果按照規矩，二位要見莊主，也不容易，如果請這兒巡吏或縣太爺下令提見，那麼，這兒的官也沒這份擔當……如果二位要回京城請諸葛先生出示手諭，則非要半月光景不可……」

冷血怒道：「你這樣說，等於表明已經收買了朝廷命官，這是什麼意思？」

唐失驚微笑道：「冷少俠又何必動火，這不叫賄賂，只是這一帶的官爺們信任習家莊，這只是跟聖上信寵諸葛先生，諸葛先生信賴你們一樣。」

唐失驚這個譬喻可謂大膽至極，但又極妥切：若當權人士所寵信的是君子，自然大得助力；若得寵的是小人，則為禍矣。鐵手嘆了一聲道：「習莊主殺傷無辜良民，我們身爲捕快，職責在身，自應查詢，大總管卻又是爲何不讓習莊主跟我們相見？」

唐失驚道：「不是我不讓莊主接見二位，而是莊主現刻不便見你們。」

鐵手道：「這是莊主的意思？」

唐失驚搖首，「不是。」

鐵手問：「那是莊主夫人的意思？」

唐失驚道：「莊主夫人與小少爺已失蹤，當然不是他們的意思。」

冷血問道：「那是誰的意思？」

唐失驚答道：「我的。」冷血冷冷地問道：「你這又是什麼意思？」

唐失驚道：「我也沒什麼意思，只是，莊主此刻已不能見人，你們見著他也沒有用……」

他長嘆又道：「如果兩位不信，一定要見了才信，也罷，兩位就且隨我來……」

二

穿過大廳堂，走道很多堂皇的廂房，走入了一間博藏書畫的書房，唐失驚捲起袍袖，拿起了一支巨型蠟燭，竟走入了地道。

地道的石梯斜陡，唐失驚走前面，冷血、鐵手、習英鳴、習良晤共五人，魚貫而入。下面是地窖。地窖裡有一股霉爛腐濕的氣味，地窖盡頭是一間鐵磚、鐵柵攔成的房間。

這種「房間」對鐵手、冷血而言，可以說是無比的熟稔：這種「房間」的作用，通常是用來關人，而一般都叫這種「房間」作「監牢」。

房間裡有一個人，這個人本來也許穿的是一件華貴、綢質、極高貴的白袍，但如今這袍子被撕得東一片、西一塊的，而且染滿了污垢，袍子上還長滿了蝨子。

這人披頭散髮，也不做什麼，雙眼直勾勾的把右腳腳板舉至自己眼睛不到一寸前，彷彿在審視著自己的腳趾。

然而那一雙腳，已髒得比塗過了糞還髒，那人越看越入神，喃喃地道：「五嶽，啊，五嶽，都在這裡……」然後一手抓住自己的大拇指，不住地搖拔，口中狂呼道：「嵩山，嵩山啊，我要搬你出來把那隻石猴子砸扁！……」

五人已經來到鐵柵前，但那人猶渾然未覺。

唐失驚輕輕叩著鐵柵，低喚：「莊主，莊主……」

唐失驚這般一叫，冷血和鐵手都大吃一驚。

從種種跡象聽來，習家莊現任莊主習笑風的確是神智不正常，但冷血、鐵手絕未想到他居然已瘋癲到這個地步。

唐失驚再用手叩鐵柵，發出清脆、悠長的清響，叫道：「莊主，習莊主——」這回的聲音是略爲提高了一些，在石室裡面迴響，又折振入耳膜中，刺耳，而不難聽。

習笑風似乎迷惘了一下，還弄不清楚聲音是那裡傳來的，只見他搔搔亂髮，說了句沒有人聽得懂，中途停頓了六次的奇怪話語：

「貂嬋生來喜歡吃糖，張飛張儀一齊迷失，唐三藏到觀音廟唸經，煲裡已經沒有藥，天予人萬物人無一物予天皆可殺，坦蕩神州只有我……」

這六句奇怪的話，聽得他們五人俱是一呆。

唐失驚最先嘆了一聲，道：「莊主他，已經瘋了……」

不料這句話倒似乎是給習笑風聽到了，只見他發狂一般的跳起來扯著自己的頭髮，狂叫道：「我沒瘋，我沒瘋，誰說我瘋了——」又似野獸一般地長嗥：「你們來了，一、二、三、四、五，哈哈！五嶽！五座高山！來呀，來啊，你們來超渡我呀——」

然後撲到鐵柵前，雙手抓住鐵柵石柱力撼，狂嚷道：「妹妹，啊，妹妹——『碎夢刀』，我的夢碎了，我的刀呢？還我『碎夢刀』來！」

唐失驚無奈的向鐵手、冷血搖搖頭。

五人只好循著來路，退了出去。

遇上這樣的情形，又還有什麼好說的呢？

鐵手和冷血這才明白唐失驚、習英鳴、習良晤三大總管不讓他們會晤習笑風習莊主的原因！

三

出到大廳，離開地窖裡那怪異霉濕之氣，眾人這才彷彿真正舒了一口氣。

鐵手抱拳道：「我倆因不明白……箇中內情，惟適才一再強諸位所難，要見習莊主，實在是不好意思，望三位不要見怪才好。」

唐失驚黯然道：「那會見怪，勞二位費心關心之處，是習家莊所欠的情！」

鐵手忽問：「是了，適才總管提及莊主夫人和小少爺均告失蹤，卻是怎麼一回事呢？」

唐失驚道：「這本來是莊中醜事，不足爲外人道……只是鐵兄問起，我也不敢不答，唯望二位聽後……」

鐵手忙道：「在公在私，我們都不會與他人說起，吃我們這門飯的，更要守口如瓶，這點請大總管儘可放心。」

唐失驚笑著道：「二位俠兄不讓在下難爲，實在感激不盡……兩天前，其時剛好刮著狂風暴雨，莊主提著劍，追殺小少爺，可憐小少爺只那麼一點的年紀，一面哭著嚷娘求饒，一面狂奔莊外，莊主夫人出來勸攔，也著了莊主一刀，踣倒於地，我們趕過去時，夫人只叫我們去追莊主，阻止他對小少爺下毒手，但仍然是遲了一步……」

鐵手不禁問：「怎麼了？」

唐失驚嘆著氣，搖著頭道：「我們趕過去的時候，已看見莊主一刀斬著小少爺……可憐小少爺逃到江邊，也無路可逃了，吃了莊主一刀，就往下掉，掉進江中去了……」

鐵手沉聲道：「據說……習家莊嚴令弟子不可接近流水的是嗎？」

唐失驚黯然道：「自然，小少爺不諳水性，又捱了一刀……唉……」

冷血道：「他這樣瘋，也不是辦法，你們把他關起來，能關到幾時？」

唐失驚同意道：「是呀，莊中大大小小的事務，可是列著隊等候著莊主批示呢。」

冷血問道：「那麼莊主夫人呢？」

習英鳴接道：「自從那兩夜兇殺後，我們小心翼翼，勸得莊主回來，夫人已經……唉！可能因傷心莊主喪心失魄之故，離莊出走了。」

習良晤也道：「哼，莊主聽到夫人出走，一點也不傷心，居然還揮了揮刀，說

：『好，省了我底事。』夫人一直待我們不薄，這話教人聽了也憤慨。」

鐵手道：「如此看來，習莊主的情形實在是十分嚴重。」

冷血又問道：「習家莊還有些什麼親人呢？」

唐失驚答：「習莊主本來還有一個弟弟，一個妹妹……」

鐵手即問：「大總管話裡『本來』的意思……」

唐失驚又嘆了一口氣，卻不接話，在旁的習良晤道：「莊主也把他唯一的弟弟逼落江中，大概……大概也是凶多吉少了。」

鐵手道：「哦……」

冷血道：「那麼說，習莊主還有一個妹妹了？」

習英鳴這才有了笑容，「是……玫紅姑娘總算還平安，所以……我們把莊主關起來，也不敢讓玫紅姑娘見到他……怕萬一莊主那個……那個起來，連玫紅姑娘都給害了，到時習家莊有事，我們都不知道找誰拿主意才好？」

鐵手道：「這當然，還是慎重的好，習家莊在武林中自有其地位，卻不知那位……紅姑娘，能不能掌得住舵？」

唐失驚搖首嘆息，「這位……玫紅姑娘麼?就是跳跳蹦蹦，愛養兔躬鳥，滋事打架，對莊中大小事務，就是少理……所以……」

鐵手望向唐失驚道：「現下世事混淆，習家莊在兩河武林是泰斗圭臬，希望唐大總管及二位當家能穩得住大局，造福武林，是爲之幸。」

唐失驚苦笑道：「這擔子……實在是太重了，所以我才請二位勿把此事張揚出去，否則……人說『福無雙至，禍不單行』，萬一江湖中人知道習家莊把舵的出了事，來混水摸魚的人還不知有多少——」

鐵手笑道：「我們也是在江湖上廝混的，自是曉得，絕不外傳……既然兇案已發，習莊主看來神智的確不太正常，又已爲你們羈守，且待我們回去研究案情，再行定奪，你們暫且安心吧。」

冷血道：「你們莊的……紅姑娘，卻不知在……」

唐失驚道：「這幾天的事，她也心情很壞，多在外邊，很少回來。」

鐵手道：「既然如此，今日多所打擾，就此謝過了。」

唐失驚忽道：「天下『四大名捕』耳目自然靈通，這是人所皆知的，但在下仍有一事不明……」

鐵手笑道：「大總管請直說。」

唐失驚道：「這些事情，所謂家醜不外揚，莊裡上下都不會說，就算苦主，也給我們打點過，諒也不致傳出去，二位是在京城，不知因何到此，如何知道這事的呢？」

鐵手微笑答道：「我們倒不是專誠爲此事而來，只是在下正好到此地一件案子……」

冷血忽截道：「我們知曉習家莊的事情，原因非常簡單。」

唐失驚有些詫異：「哦？」

冷血道：「因爲習莊主逼他弟弟和一個青樓可憐女子落江掏月的時候，我們的船就在附近。」

三個總管互望一眼，臉上露出愕然的神色來，習英鳴問道：「那麼……」

冷血道：「所以習二莊主習秋崖並沒有淹死，他就在我們處。」

習英鳴、習良晤一齊「哦」了一聲，唐失驚則喜道：「二莊主沒事麼？那，那太好了！」

鐵手回答道：「他此際受震盪太大……我們先救女的，再去拯救男的，所以他也灌了不少水，過幾日，讓他復元了我們會把他送回來的，現刻騷擾已久，就此告辭了。」

唐失驚忙揖道：「請。」

習英鳴向唐失驚請示道：「我們送鐵二俠、冷四俠出去。」

習良晤首先引路：「請請。」

第三部

唐失驚要殺我

第一回　一個名字換一隻鼻子

一

離開了習家莊，鐵手第一句就說：「唐失驚要殺習笑風。」

冷血吃了一驚，問道：「你怎麼知道？」

鐵手道：「習笑風他自己說的。他曾說了一句中途停了六次的怪話：『貂嬋生來喜歡吃糖，張飛張儀一齊迷失，唐三藏到觀音廟唸經，煲裡已經沒有藥，天予人萬物人無一物予天皆可殺，坦蕩神州只有我……』就這幾句話。」

冷血反覆沉吟，眼神一亮，道：「這幾句話裡最後一個字……」

鐵手點頭道：「諧音便是：唐失驚要殺我。」

冷血道：「唐失驚要殺他？」

鐵手道：「他是這樣說。」

冷血道：「看來習笑風的事不簡單。」

鐵手道：「習笑風的人也不簡單。」

冷血道：「唐失驚是個不易對付的人。」

鐵手笑笑，「他是。」

冷血道：「儘管習良晤竭力裝成隻老狐狸，習英鳴更加圓滑精明……但唐失驚根本就不讓人對他有敵意，而他對人也似乎全無敵意。」

鐵手頷首道：「他這種人，就算面對的是敵人，他也一樣可以讓對方不感覺到敵意。」

冷血道：「所以要做這種人的『敵人』，實在不容易。」他又補充道：「幸虧我們不是他的敵人。」

鐵手笑道：「卻不知跟蹤我們的，算不算是敵人。」他說完了這句話，就聽到一聲冷哼，這聲冷哼就像是一個刁蠻的大小姐稍不如意就對自己的追求者大發嬌嗔一般，冷血回過頭去，就看見一個人恰如其聲的女子。

這個女子正在指著鐵手。

不是用手指而是用刀，一把又輕又薄，但比一般刀長一點的快刀。

這女子瓜子臉蛋兒，翹得高高的鼻子，眼睛發著亮，紅唇也發著亮，白生生耳垂上的金環，也灼著亮光，好像不管她站到那裡，一切的光亮都給她一個奪去似的。

所以她就噘著小嘴，使她的薄嗔更添嬌嬈。

冷血一見到這樣的女孩子，彷彿頭重一下子增加了六十五斤。

其實冷血無論在任何時候見到女孩子，都恨不得把逾重的頭提著來行走，追命就曾譴笑過他，說冷血見到女孩子，就像大象見著了老鼠，遇到了命裡的剋星。

當然，以冷血的儀表才能，有的是女子的青睞，說起來冷血第一次的亡命逃逸，就是爲了給一個叫黑目女的女子追逐！

現在這個女子，用刀指著鐵手，快碰到他的鼻子，鐵手苦笑道：「姑娘，妳知道妳拿著的是什麼嗎？」

那姑娘答得倒爽朗：「刀。」

鐵手又苦笑道：「妳知道我……在下我是幹那一行的？」

姑娘回答得更爽朗：「捕快。」

鐵手只好說：「我是捕快，妳拿著刀，通常，如果給我在街上碰到有人拿刀指著另一個人的鼻子，我會……」

姑娘倒是問：「你會怎樣？」

鐵手故意裝出一副兇狠狠的樣子道：「我會把他用分筋錯穴手法擒住，點了他七道麻穴軟穴，用十六斤重的大鐵鍊鎖他回衙，再以三十二斤重的枷鎖把他釘上，押他回又髒又不見天日的蛇鼠出沒、蛆蟲橫行、臭氣薰天的監牢裡再說。」他說完後，望定那高挑身材的姑娘。

那姑娘很不滿意地搖了搖頭。

「不好。」她說：「要是我，誰敢鎖我，我會先一刀把他的鼻子割下來，然後再砍掉他一雙耳朵，塞到他嘴裡，先讓他叫不出聲，再用十根釘子，把他十隻腳趾釘在地上，叫他移動不得，再叫他右手用刀，切左手的肉，切一塊，我就跟他加上一些鹽，我再替他醮一把糖，等螞蟻來齊之後，就沒我的事了。」她調皮地向鐵手問：「你看我這個方法是不是比你的好？」

鐵手不禁睜大了眼，「妳是誰？」

她的刀又伸近一寸，「一隻鼻子。」

鐵手側了側頭道：「姑娘的芳名是『鼻子』？」

「去你的！」那姑娘當真罵了出口，一點也不臉紅，「要知道我是誰，凡是問我名字的，代價是一隻鼻子。」

鐵手的鼻子不禁有些發癢，只好問：「妳要別人的鼻子幹什麼？煎？炒？醃？還是羨慕大笨象的鼻子，所以妳收集起來駁上去？」

那姑娘寒了臉，一刀就要刺來。可是冷血這時已忍不住說了話。一句話。

「一個大姑娘家，拿了刀子，當街指著人家的鼻子，這像什麼話？」

他剛說完了這句話，他鼻尖上又多了一把刀！

刀本來在姑娘的右手，剎那間已換到左手，刀本來是指著鐵手的鼻子，現在是指著冷血的鼻子。

冷血道：「我不想知道妳的名字。」

那姑娘杏眼圓瞪，喝道：「你是什麼東西？」

冷血道：「我不是東西。」

那姑娘倒是嗤嗤地笑了出聲，「原來你自己也知道自己不是東西。」

冷血沒好氣道：「我當然不是東西，我是人。」

那姑娘嘴一呶，故意不屑地道：「什麼『四大名捕』，什麼冷血……本姑娘才不放在眼裡！」

冷血冷冷地問：「妳怎麼知道我的名字？」

姑娘嘴一撇，「知道你名字好了不起麼？滿街通巷都知道，你們沒有來之前，去跨虎江泛舟的時候，本姑娘，哼……」說著把又漂亮又俏的鼻子一翹，「早就知道了。」

鐵手和冷血迅速地對望了一眼。

冷血忽道：「我也有一個脾性。」

姑娘倒是怔了一怔，冷血道：「別人知道我的名字，我也要知道我名字的人付出些代價。」

姑娘杏目圓瞪，好像從來沒有想過天下還有比她更不講理的人。

冷血道：「我不要妳的鼻子，妳的鼻子像一隻茄子，我只要一巴掌，妳遞過左邊臉來，給我打一個巴掌，一巴掌就夠了。」

姑娘的刀抖了起來，當然刀抖不是因爲怕，而是實在太生氣之故。她雖然從來沒真的把別人的鼻子割下來過，但也沒有遇過比她更不講理的人。

她聽到這裡，再也忍耐不住，一刀向冷血的左耳刺了過去。

雖然不割他的鼻子，好歹也要在這可恨的人耳上穿一個洞……就像女兒家耳垂下穿個小孔一般。

想到這一點，她反而開心起來，因爲她替對方穿的不是小孔，而是一個大洞——瞧他還敢對自己說這種話不？

她當然不想殺害對方，這人跟自己也無怨無仇——不過，只要給「失魂刀法」所傷，對方就會失去抵抗力，那時，才好好給他幾個耳刮子！

她一刀刺過去，冷血好像動了一動，又好像完全沒動，她以爲刺中了，但定睛一看，刀是貼著冷血右頰，卻沒有刺中。

見鬼了。

姑娘提刀又刺，冷血又似乎動了一下，刀又刺了個空。

這會姑娘可氣了，提起刀來，嗖嗖刀尖轉起五、六道厲風，剎時間刺了五、六刀，不管左耳、右耳、鼻子、延尉，蘭台，都刺了下去。

冷血好像動了五、六下，每一刀都貼著冷血的臉肌而過，但沒有刺中他一分一毫。

忽聽冷血提聲道：「行了。」

姑娘想迴刀，不用刺而改用劈（這傢伙有些邪道，要打醒精神來對付才行！），一時，發現刀鋒挾在冷血頸項肌肉與下頷骨骼之間，她雖然用盡氣力，刀猶似被什麼東西黏住了似的，拔不回來。

姑娘嬌叱：「你想死了……」

鐵手忽道：「習姑娘。」

姑娘一呆，問：「你怎麼知道我姓習？」她這一問，無疑等於向人承認了她就是姓習。

鐵手笑道：「不僅知道姑娘姓習，也知道姑娘芳名玫紅。」

習玫紅微張紅唇，露出兩隻雪白的兔子牙，「你們……」

鐵手道：「冷四弟是激妳出手，試試妳的武功家數，妳的刀法不錯呀，難得的是，雖情急出刀，也只不過戳人鼻耳，不置人於死地，倒沒嘴巴上說得那麼兇。」

他笑笑又道：「不得已，一個大姑娘道出我們這兩個吃公門飯的名號，咱倆如果連姑娘的底細都摸不清楚，那可在路上摔筋斗了……沒法子，只好試試，姑娘莫怪。」

習玫紅氣得玉臉通紅，冷血微微一笑，一側首，欠身而退，習玫紅本仍怕刀被人奪去，一面氣著一面發力拉拔著，猛抽了一個空，差點沒給自己的刀鋒捺著，當下又氣又羞，頓足幾乎沒哭出來。

這下冷血可不知如何是好。

鐵手趕忙道：「姑娘刀法好，姑娘心腸好，姑娘笑起來更好，將來一定生個好寶寶！」

習玫紅聽了，本是要哭，又不忍住要笑，嗔道：「誰要生個寶寶？」

冷血見她薄怒輕顰，不知怎麼的，心裡想到了一些事，血氣往上沖，竟生生地漲紅了臉。

習玫紅一見到他就新仇舊恨，跺足嗔叱：「這人欺負我……他，他還說要打我呢——」說著一巴掌摑過去。

其實習玫紅的「失魂刀法」已經使得有三成火候，在武林上已站得住腳，只不過她與冷血的武功還有一大段距離，所以才給冷血兩三下險著套出真本領。但是沒想到她這一掌，結結實實，清清脆脆地摑在冷血臉上，打了一個五指掌印，留在冷血俊偉的臉上！

這一下，三個人同時間都有些錯愕，因爲三個人都沒有想到。

習玫紅沒想到自己居然能清脆地打了這武功高得神出鬼沒的東西一巴掌。冷血被打得訕訕然，痛倒是不痛，臉卻紅透了。鐵手當然也沒想到冷血會避不過去。

習玫紅摑了冷血一記巴掌，不禁「啊」了一聲，把手藏在背後，見冷血右頰迅速泛起一道紅掌印！

冷血怔了怔，連另一邊的臉頰也通紅了。

還是鐵手恢復得最快，他笑著道：「啊，如今算是都扯平了，冷四弟捱了妳一巴掌，習三小姐也不要生氣，還是把為什麼跟著我們來的事情說一說吧。」

習玫居然也有點不好意思起來，好像為了不使冷血太難堪，便搶著說：「是呀，都扯平了。」

其實她愈要圓圜場面，冷血就愈難恢復，鐵手只好問：「習姑娘，妳是怎樣跟蹤起我們來的？」

習玫紅翹著小嘴道：「今天聽守門的習獲說的，但大總管一定不讓我見客人，便沒有出來，等你們走後，二管家跟我提起是你們，我就沿著你們出來時的路向追蹤，果然逮著你們！」

鐵手笑著道：「難得三小姐大好興致，來跟蹤咱兩個楞人……卻不知又是為何？」

習玫紅笑笑，露出兩隻兔子門牙，問道：「你們呀，其實也不算楞，但做公差的嘛，就是這點煩，做事一定要有原因的嗎……」

說著她把小嘴一翹，黑白分明的眼珠兒一轉，「我一早就知道你們來了，跨虎江上，我也曾經跟大哥說過天下二大名捕的舟子就在附近，問他要不要請你們過來……」

鐵手一聽，問：「當時令兄怎麼回答？」

習玫紅像受了點委屈的扁了嘴，「他……他那時神智已有點……他聽了，繃著臉不說話了一會，又把我……把我無緣無故的罵了一頓，我忍不住要哭，爹爹在生時大哥對我也不是這樣的，大總管就在旁勸我上岸去避一避他的火頭……只剩下二哥還陪他在船上，我那時還……還不知道大哥會瘋成這個樣子的，把二哥也……還害了小珍姑娘……」

從習玫紅的神情可以看出她這樣一位三小姐居然被人「無緣無故」的臭罵一頓，是一件多麼委屈的事。

「那麼三小姐又怎樣知道我們來了這一帶？」鐵手這樣問。冷血也很想知道，反而自然了起來。

習玫紅笑了。

「郭秋鋒啊！」

一下子，鐵手和冷血都明白了。

自從跨虎江邊山杜鵑那一場浴血戰後，鐵手救了帶傷的冷血，既不想驚擾官府逼得要作勸酒宴舞的無謂應酬，也不便投店因傷者招人疑竇，更不能露宿荒山或荒野古廟使傷者加重傷勢，所以他們只有一個地方可去。

郭秋鋒外號「白雲飛」，輕功在兩河一帶數得上三名以內，而且左手鐵板右手銅琶，是六扇門少有的好手。

郭秋鋒是鐵手、冷血的朋友，主要是因爲在一次案件中，鐵手救過他的性命，冷血還同他並肩作戰過。

郭秋鋒既是六扇門中的人，那麼冷血的養傷自然不受驚擾，而且刀創藥、煎熬藥劑、請大夫方面，都得到特別的方便。

而且冷血好像是鐵打的。

加上這麼好的調理傷勢，換作別人要三十天才能痊癒的傷口，他三天已好了七、八成。

這三天除了鐵手對他悉心照料外，郭秋鋒也費了不少心。

但郭秋鋒是年輕人。

就是吃公門飯的年輕人，也難免爲感情衝動。

何況郭秋鋒正慕少艾，而習玫紅又如此嬌俏美艷。

◇◇◇

鐵手不禁喑嘆了一口氣：看來郭秋鋒這樣守口如瓶的人也變得露了風聲，似乎是有可以被原宥的理由的。

只聽習玫紅發出鈴鐺一般清脆的嬌笑聲：「你們名聞天下，我也想看看你們到底是怎麼個模樣兒，原來不過是……」只笑，沒說下去。

第二回　河塘月色

一

鐵手暗地裡嘆了口氣，可是當他望向冷血的時候，發現冷血正好偷偷而迅速地望了習玫紅一眼，他就多嘆了一口氣。

「習姑娘，恕我直言，令兄習莊主究竟是怎麼一回事？」

習玫紅紅了眼圈，很傷心地道：「我也不知道。大哥以前也不是這樣子的。爹爹去世後，他也很達觀，但過了一年多，就鬱鬱寡歡了……近十天來，還做了……做了這樣子的事……他從前不是這樣子的。」後面一句她說得尤其肯定。

「就算是習莊主落落寡歡時也不至如此？」鐵手重複問了一句。

「這是最近的事。」習玫紅倔強的道：「年來他是沉默寡言，可是絕不會作出神智失常的事。」

鐵手忽然問道：「還有一件事，想向習姑娘請教。」

習玫紅笑了，她的紅唇在白皙的瓜子臉上，笑得像一朵紅花綻放那麼動人。「唷，『四大名捕』也向我請教麼？」她當真有些得意非凡起來，「你就請教吧。」

鐵手也不和她爭些什麼，只是問：「我們在地窖中見到了被鎖著的令兄……他嘴裡嚷著『碎夢刀』，好像這把刀已失去了，眾所周知，『碎夢刀』是習家莊鎮莊之寶，究是怎麼一回事？」

習玫紅怔了怔，「碎夢刀？」

鐵手點頭道：「就是能把『失魂刀法』發揮十倍功力的『碎夢刀』。」

習玫紅雙唇一扁，又似有滿懷委屈。「我自出娘胎，就沒見過什麼『碎夢刀』。」她道：「『碎夢刀』是習家歷代相傳的，唯有莊主才能佩戴，大概是爹臨終前已把碎夢刀託囑給大哥吧。」

「那麼，」鐵手又問：「這把刀是失去了？」

「不可能吧，」習玫紅幾乎叫了來，「『碎夢刀』是咱們習家莊武藝精髓之所在，怎可以遺失！」

「這個當然，」鐵手知曉這習三小姐對這把刀所知的只怕也不比自己多，便道：「習家莊若失掉了『碎夢刀』，問題就大了，就算是，也不會張揚的。」

習玫紅睜大了眼睛，不知她聽不聽得懂。

其實道理是非常簡單的，習家莊在兩河武林，儼然是號令者的世家地位，「失魂刀法」雖然厲害，但要懾服兩河精英，仍力有未逮，如果武林中人知道習家莊已失去使「失魂刀法」發揮十倍力量的「碎夢刀」，跟著下來習家莊所面對的挑戰與衝擊，是不可想像的。

習玫紅畢竟是個姑娘家，對這些江湖上詭譎風雲的事到底搞不來，她只是道：「碎夢刀有沒有失去，我可不知，大哥他沒對我提起，但大哥腰畔那柄，是他小時候練武就使用的刀，那柄刀，絕不是『碎夢刀』。」

鐵手即問：「何以見得？」

習玫紅一笑，笑容裡有幾分高傲，幾分不屑。「那柄刀，又老又舊，而且大哥使來沒什麼！」言下之意，頗有習笑風如果以一把平凡的刀與她過招，她還能占上風的意思。

鐵手當然想到這個三小姐的脾氣，但心裡也著實同意她的話，眉頭一皺，只好說：「哦，原來是這樣。」

隨著眼一抬，又問：「那麼，妳大哥跟大嫂、孩子之間，又是怎麼一回事？」

「怎麼？」習玫紅反問道：「大哥傷了大嫂追斬球兒的事，大總管沒告訴你們嗎？」

鐵手一怔：「球兒……是？」

習玫紅一蹙秀眉，好像是怪鐵手怎麼那麼蠢，連這一點都扳不過來：「球兒就是我大哥的孩子呀。」

鐵手忙道：「大總管已經說了……不過，我是在問妳，大哥跟大嫂的感情怎麼樣？」

習玫紅有點難過的樣子，「也沒怎樣，大哥跟大嫂談不上好……你知道，大嫂並不是球兒的生母……」

「這我可不知道，」鐵手眼中閃著光，「妳說『現在的大嫂』，那是說有『以前的大嫂』？那麼『以前的大嫂』就是習球的親生母親吧？她……她此刻又在那裡呢？」

習玫紅點點頭，眼圈兒又紅了起來，「……她，早在兩年前，就死了。」

鐵手沉吟了一陣，沒有說話。

冷血生怕習玫紅難過，忙不迭要告訴她一個好消息：「習姑娘，妳二哥並沒有死，他就在我們處……」

習玫紅是個易喜易怒的人，她一聽冷血說話，就調皮地說道：「怎麼？啞巴也說話了？」

敢情她一直注意到冷血沒有說話。

冷血耳根一紅，一時又不知如何應對是好。鐵手笑道：「郭秋鋒既把我們的行藏告訴了習三小姐，當然也不會對她隱瞞二莊主還活著的消息了。」

一個男子為了討自己正在追求的女子的歡心，又怎麼會不告訴她這個大喜的信息？習玫紅臉有得色地道：「我早就知道了。所以我要跟你們一道去探訪我二哥，還有我那未來楚楚可憐的小珍二嫂子。怎麼，行不行？」

三小姐的話，誰敢說不行。

就算不行，也只好行了。

二

郭秋鋒是這一帶六扇門的名人。

但他的家絕不像一個名人的家。

吃公門飯的人，不管怎麼有名，都不像文人商賈的名家，有個妥貼的家。

吃公門飯的好漢，正如江湖上的浪子，家，只是一個在風雨長夜裡暫時棲身的地方，在裡面匆匆度過一宿，明日便要去面對那新的而不可知的挑戰。

所以這些今日不知明日生死的武林人的家，反而是在茫茫江湖上，有時在野店裡與路上相逢的故人喝酒，有時在破廟裡跟陌生的浪子用刀割烤好的獐肉，能有幾個好友，一起猜拳酣酒，醉倒相擁，醒時再各自分散，就已經很滿足了。

冷血、鐵手當然也嚐遍這種生活。

所以他們反而對這個「家」，心裡生了溫暖、親切。

習玫紅可不。

雖然她在莊裡從不必收拾她弄亂和丟棄的東西，反正莊裡永遠有人幫她收拾乾淨，但她看到郭秋鋒的家，就不住想起「豬窩」這兩個字。

不過此刻這「豬窩」裡面倒是乾淨。

不但乾淨，而且一塵不染，所有的器具物件都放置在它們應在的地方，由於它們給放得如此妥貼，就算是最挑剔的人，也無法作出任何移動。

這樣的格局，郭秋鋒當然是收拾不出來。

習玫紅一面走向茅屋，一面大聲叫：「二哥，可憐二嫂子，刮秋風的，我們來了，我們來啦。」這倒有點像縣官出巡時的喝道，惟恐別人不知道似的。

不過屋子裡面倒沒有她所想像的那末多人。

裡面就只有一個人。一個小小的女孩子。

由於她那麼白皙溫文，於是在暮色中也可以明顯地見到這女子的兩道眉毛，是那麼濃密柔靜。

這樣的一個女子，無論她站在華宅還是寒舍裡，都那麼柔順，彷彿那地方都是屬於她的，就像一尊玉雕的觀音菩薩寶相，放到那裡，都能使那地方明淨了起來。

習玫紅看見了那女子，也柔靜了一些兒，走過去，握著她那雙柔荑，輕輕的說：「我可憐的二嫂子，我真服了妳，把這樣一間豬窩也佈置得那麼寧靜。」

女孩子笑了，她微微地笑，那麼文靜，可是又分明帶著些驕傲。她笑，可是她沒有望向鐵手。

她始終沒有真正望過鐵手，除了鐵手轉過身去大步邁開的魁梧身影。

三

這女孩子當然就是小珍。

她自小在青樓長大，除了自己勤力用心，勤於練音律歌舞外，還著實讀了些詩書，可是在這樣的環境下成長，她的命運也似乎被編定了似的，養成了一種逆來順受的個性。不管她如何出污泥而不染，但她的前程都是掌握在別人手裡。

直至她遇到了習家莊的二莊主習秋崖。

習秋崖就似懸崖峭壁上的長藤，她除了緊緊抓牢他，已別無選擇。

所幸習秋崖是習家莊的二少爺，有他關照一句，鴇母自然不敢對她相脅，而習秋崖又是一個能文能武的溫柔男子。

比起她一同長大的姊妹，小珍自然感覺到自己著實比她們幸運得多了，但在慶幸之餘，心裡又不禁有一股莫名的淡淡哀愁……

——這是為了什麼？

——是因為她已別無選擇？

小珍不知道，她只知道以自己的身分，是不宜多想的。她最應該做的是去感覺自己的幸福，而她的幸福繫在習秋崖的身上。

這樣她才能安慰自己，滿足和快樂。

可是這種感覺，在三天前被打碎了，像江水中的皎月，一下子，被搗得一盤零散。

習家莊的大莊主，習秋崖所崇仰的大哥，令自己和習秋崖脫掉衣服……

小珍不敢再想下去。

她被幾條大漢脫去了衣服，那一刻的羞憤，她只情願死了的好，永遠也不要再在塵世間丟人。

她迄今仍奇怪自己雖然生長在青樓之中，這事情理應司空見慣，怎麼一旦落到自己身上時，會有那麼大的痛苦，那麼可怕的羞憤！

羞憤得令她真恨不得立刻死去——所以她根本不用別人拋去，是自己跳下江中去的。

那麼多人看見她赤裸的身體……其中還包括習秋崖！

這雖然全是習笑風一人逼使的，但小珍心裡深處已立下誓願：她永遠不要再看見習家莊的人，永遠永遠也不要踏入習家莊一步！——因爲她在習家人心目中，只是個無足輕重的犧牲者，一個可以隨便受到牽累就丟掉的陪葬品！

她掉下水去，喝了幾口水，覺得整個人都像月亮一般浮起來的時候，沒想到一雙強而有力的手就扶住了她，把她拉拔了起來，使她重新有了實在的感覺，而且從那溫厚的手掌傳來的熱流，使她喝下去令胃部又脹又難受的水，全都吐了出來。

吐在那個人的身上。

然後她就看見那個人。

一個溫厚的、瞭解的、臉帶著關懷神色的青年人。

小珍那時好想哭，她就在他壯實的懷裡，哭了一大場，把自己過去十七年來的悲哀身世全都哭了出來，眼淚幾乎可以沾濕那個人的一雙袖子。接著下來，另一個年輕人也把習秋崖救了上來。

從此以後，小珍再也沒有正式看過那一張臉，那一張溫厚的臉。

雖然她知道那個人叫做鐵手。

但她知道他的手不是鐵鑄的，因爲鐵鑄的手，不會那麼暖。

四

鐵手跳進河裡救她的時候，河裡的月亮都碎了。鐵手把她救了起來，儘量不看她的身子，可是他永遠忘不了那月牙兒一般的皎潔的身軀……他想盡一切辦法要讓這女子活下去，不惜耗費他的內力，甚至恨不得自己能代替她喝下那些水……

然後他就聽到冷血救起的男子，在昏迷中仍呼著一個女子的名字。

小珍。

鐵手即刻盡一切力量來斂定自己的心神，救活了她以後，他就很少跟她說話，一直很少。

第三回　鐵手的手冷血的劍

一

小珍看到習玫紅來，就拉著習玫紅的手，兩個女子這樣子的時候，男人就知道女孩子們有很多悄悄話要說，如果自己不先行迴避，就得把像隔壁阿珠買了條紅裙子，人家阿玲七老八十還紮了根小辮子好不要臉諸如此類的事情，當作四書五經一般恭聽。

不過這樣的兩個女孩子在一起，只怕談的話不會太多，倒是彼此欣賞的時候來得多一些。

就算是說女兒家的話，也只是習玫紅說，小珍在聽。

「我二哥真是好福氣，有這樣的小妻子，他嘛，他要是再敢胡搞，就不是人了，讓我給知道了，就把他……」

鐵手、冷血不約而同想起一個人——郭秋鋒。

也許只有這個六扇門裡的鬼靈精在，才能應付這場種面。

幸虧，習玫紅把話題問到了主題。

「他——他呢？」

小珍淡淡地問：「誰？」

習玫紅更感驚詫，「他呀，我二哥呀，妳的——」

小珍趕快打斷她的話，語氣比她更感驚詫，「他剛剛不是被你們叫去了嗎？」

鐵手幾乎整個人跳了起來，問：「妳說——誰？誰叫習二公子的？」

小珍茫然道：「你們啊。」

鐵手急道：「那麼，是誰來叫的？」

小珍也感覺得出事態不妙了，想了一想，說：「當時我在屋裡……二少爺在庭園跟郭大爺閒聊，後來好像有人來到，談了一會，我也沒有出去看，似乎是個相當熟的人。後來二少爺走進來，他……」小珍說到這裡，耳根緋紅了一片，別人沒有察覺，鐵手倒是看出來了，也許，也許以習秋崖這樣一位二少爺，走進來時候，屋裡只剩下了小珍一個人，他難免會有一些什麼特別親暱的舉動吧，反正，小珍遲早都是他的人了。

小珍很快的接上了話題，「他……他說，鐵二爺和冷四爺叫他去，他去去就回來，我問，他有沒有叫我去。他說沒有，又說留在這兒很安全，沒有事的，就走了。」

鐵手勉強鎮定心神，問：「那麼郭捕頭呢？他有沒有一起去？」

小珍知道情形十分不妙，急著道：「我聽到院子裡有爭執聲，好像是郭捕頭不放心，也要一塊兒去，二少爺說不用了，好像說是回習家莊罷了，用不著保護，何況是冷四爺、鐵二爺叫他去的，自然不會有事，但郭捕頭好像執意不肯……」

鐵手不禁苦笑起來，他知郭秋鋒的脾氣，既答允了自己保護這兩個人，就絕不讓他們受到任何損傷的。

「……後來二少爺說我一個人在屋裡，也要人保護，我聽了就揚聲說：『我不會有危險的，郭大爺，你就煩走一趟吧。』二少爺不再作聲，隨後我便聽到：『小珍姑娘，自己小心了。』是郭大爺的聲音，然後是二少爺不情不願的嘀咕聲，便是開啓籬笆竹柵的聲音，人走出去了……」

鐵手也知道小珍說的甚是，就拿墜河事件而言，針對的只是習秋崖，小珍只是個受累者，對方根本沒有必要加害她，危險的倒只是習秋崖。他又極聽小珍的話，小珍叫郭捕頭陪他一道去，習秋崖也沒法子不聽話。

冷血即問：「妳可知道那來叫的人是誰？」

小珍道：「我沒出去看，但似乎是跟二少爺相熟，但與郭捕頭並不相識的人。」

冷血再問：「妳聽他們是說到習家莊？」小珍點頭。冷血立時望向鐵手，鐵手立刻說：「我們這就趕去。」

習玫紅反應也極快，鐵手「去」字未完，她已搶著道：「我也去。」

鐵手迅速做了決定，「好，都一起去。」他實在不願剩下的人還出什麼意外。

二

信。

習玫紅自視刀法甚高，雖曾被冷血那種不要命的閃躲法懾服，但是她仍充滿自信。

可是現在她想不自卑都不行了，因爲鐵手、冷血，一左一右，扶著小珍疾掠，小珍完全不會武功，扶她行走頗爲費力，但鐵手和冷血仍遙遙領先，在她面前。

看來如果鐵手、冷血不是爲了等她那麼一等，絕對可以更快。

只見習玫紅已經用盡全力，仍是追趕不上。

她本來可以索性停下來撒賴，但是她這回卻說什麼也不敢把她那三小姐脾氣發作出來，因爲她知道她二哥只怕此刻已遇上了險。

她想得一點也不錯。

習秋崖已經遇險，而且遇的是一髮千鈞的極險！

這個地方是小丘，已在城外。

習家莊也是在城外，而這條路是必經之道。

小丘上還有一座土崗，土崗上有一條木架茅頂的瞭望台，這是戍守城門時，若遇上動亂，士兵即點燃烽火的地方。

臺上人影閃晃。

鐵手、冷血立即疾掠上去。

在疾衝上去的同時，鐵手拋下一句話。

「照顧小珍。」

他當然是對習玫紅說的。在許許多多的惡鬥中，鐵手已深刻地瞭解，有些格鬥往往一動手，就不知生死存亡，也不知能不能再見到今天的親人、明天的太陽。

三

當鐵手、冷血掠上戍守的瞭望台時，局面不但已經險象環生，而且甚是駭人。

瞭望臺上茅頂下有一橫木，是架著茅頂的主樑，只見一個人就吊在上面，一隻手高舉，一隻手垂著，不住的晃過來，晃過去。

然而那卻是個死人。

那人赫然就是郭秋鋒！

郭秋鋒雖然已經死了，但他左手的鐵板全嵌入木樑中，右手的銅琶仍向下晃動著，而他的雙眼也凸露著，咬著牙齒，可以知道他死前還跟敵人英勇的格鬥著，而且他最後一招是以鐵板插入樑柱，再以銅琶居高臨下揮舉敵人。

他身上至少有十八道傷痕，其中最深的一道，是小腹上的一道刀傷，自右腰到左脅，腸子都拉了出來，但那不是最重的傷痕。

最重的一道傷是在額頭，他額頭有五個洞——血洞，血洞旁的骨骼全都裂開掀露，好像曾被人用五隻銅槌子猛擊了五記，但這也不是致命的傷口。

致命的傷口在脖子。他的頸項被人以重物猛擊，以致折斷。

這在在顯示出郭秋鋒曾經歷過怎樣驚心動魄的一場拚鬥，尤其是郭秋鋒死了，而他所保護的人仍沒有死。

這都因爲郭秋鋒是個好差官，而且是個值得信託的朋友，鐵手、冷血把習秋崖、小珍交給他保護——除非他先死了，否則他不會讓人碰碰他保護的人！

但是郭秋鋒也不是個好對付的人。

殺他的人武功自然甚高。

而且不只一個人。

四

三個人。一個身形彪悍，一個身材纖小，一個稍微傴僂，三個人，都是蒙著臉，穿密扣勁裝，手持武器的。

身形彪悍的人使的是熟銅棍，顯然就是在郭秋鋒頸背打了一棍的人。身材纖小的執鋸齒鐵扇，當然就是切開郭秋鋒腰際的人。身材傴僂的人空著雙手，十指如鉤，揮動時發出格格聲響，自然就是在郭秋鋒額骨印了一爪的人。現在三個人，圍著一個人。那個被圍的人，已是瀕危力搏。那個苦拚的人，自然就是郭秋鋒捨命保護的習秋崖！

習秋崖此刻的險，已非筆墨所能形容。

如果不是郭秋鋒先擋了一陣，習秋崖早就死了——突擊者顯然沒有料到郭秋鋒會跟著來，而且武功會那麼高，他們合力將之擊斃，正要殺「正點子」習秋崖的時候，鐵手和冷血幾乎是一齊出現了。

鐵手、冷血乍現之際，正是那細小的人用鋸扇將習秋崖雙膝割傷，彪形大漢用銅棍將習秋崖手中刀砸飛，而傴僂人正以雙爪直取習秋崖胸門之際。

這兩爪破空之聲，就像有十顆流星在空際上一起飛殞一般，習秋崖只要給掃中，只怕身上的肋骨，不會剩下有一根不斷的。

鐵手沒有奔上樓梯，他是貼梯而上的；他的頭才一冒起，就看見那兩記凌厲的鷹爪，也瞥見在爪下像兔子一般無助待斃的習秋崖！

鐵手用力一腳踩在其中一格木梯上！

「啪」的一聲，那梯級立時粉碎，鐵手籍這一彈之力，急遽縱起，已搶在習秋崖之前！

這下快若電光火石，他的雙手已推了出去，越過習秋崖，以雙掌硬擋了雙爪！

那傴僂人一呆。

他本來抓向習秋崖胸膛足以撕膛裂肺的兩爪，變成抓住兩雙手掌。

他雖然呆了一呆，但出招絕不遲疑，不但不猶豫，而且把本來凝聚於雙爪的七成功力，遽增至九成。

他且不管來的是誰的手掌，只要是來救習秋崖的，他先廢掉來人一雙手再說。

他對自己的爪功再清楚不過，只要用六成功力，就可以把銀兩搓成銀團！

他在等待聽骨頭碎裂的聲音。

沒有聲音。

他抓住那兩隻手掌，好像一隻貓用爪子去抓一塊石頭一般的感覺。

他立即覺得不妙，隨而他看到了出現的人。他瞥見來者何人之後，才對自己且不管來的是誰他都先將其一雙手掌廢掉的決定後悔起來。

可是在這剎那間，他的兩個夥伴，都出了手。

鋸齒鐵扇旋切入鐵手的手腕上，而熟銅也擊在鐵手肘部關節上。

在這剎那間，鐵手的雙手，被兩爪一棍一扇所攻擊！

五

「鐵手的手，追命的腿，冷血的劍，無情的暗器」——這是天下「四大名捕」有名的「兵器」，在京師，更被小兒譜成兒歌來唱，上半闕是：「唐仇的毒，屠晚的椎，趙好的心，燕趙的歌舞」，這唐仇屠晚趙好燕趙四個人合稱「四大兇徒」，從來沒有人能把他們懲戒。這兒歌的意思，也是百姓的心意：彷彿只有鐵手追命冷血無情四大名捕，才可以把這四個窮凶極惡的人制住。

他們遇上的正是鐵手的手。

鐵手從來不需要武器。

他的手就是武器，而且是武器中的武器。

◇◇◇

「啪」地一聲，熟銅折斷，而細小、傴僂二人的身影，也飛了出去。

鐵手悶哼一聲，他雖運勁於臂，震退二人斷折一棍，但雙臂也受極大的震盪，血氣逆沖，他的臉色刹時轉白。

他原本是要將三人都震飛出去的，但是使熟銅棍的，用的是硬功，武器更是硬兵器中的硬門貨，鐵手反震之力又是硬勁，所以棍為之折，那大漢反而沒有被勁力所衝而身退。

那人沒想到碗口粗的熟銅，敲在一個人手臂關節上，斷的居然是自己的棍子，是以呆了一呆。

呆了一呆只是極短的時間，在這段時間內，鐵手的臉色已迅速由蒼白轉至正常，但正在深吸一口氣——仍未完全恢復正常之際。

那彪形大漢也是反應極快的人，他離鐵手極近，手中半截熟銅向鐵手臉部直砸了過去。

他這一棍當然是想把鐵手的臉砸得稀巴爛——本來鐵手避不避得去，或用什麼辦法來應付，這尚不得知，因爲鐵手根本還沒來得及作出任何閃躲或還擊，冷血已經到了。

鐵手震退二人救習秋崖，只不過是刹那間光景，冷血已經趕到。

冷血又怎會讓鐵手獨撐危局？冷血的身子，胸腹幾乎是貼地而掠，在鐵手胯下才驀然拔起，「嗤」地一劍，在大漢未打落之前，已刺進他的胸膛裡去。

大漢一怔，忽見鐵手之前憑空多出一人，三人站得如此貼近，大漢忽覺對方手中握著劍，但已沒有了劍身，只執著劍鍔。

劍呢？劍在自己體內！一想到這點，大漢再也無力握棍，而發出一聲尖銳的嘶吼來，他發出這一聲嘶吼同時，仍不相信自己會莫名其妙栽在這小子劍下，所以他竟向後疾退！

他這樣向後疾退，無疑是等於把劍身自前胸拔了出來！

彪形大漢退了七、八尺，才勉強停住，低首一看，看見自己胸前一個血洞，再抬首一看，看見冷血那把淌血的劍。他這才知道自己中了致命的一劍。

他因知道自己無望遠比他傷勢的致命力來得更快，他厲嘯一聲，戟指冷血啞聲道：「你……」仰天而倒，立時斃命。

六

鐵手的遽然出現，震開三人，救了習秋崖，除了彪形大漢因距離之便立時反擊外，其他兩人並沒有立時再撲上來，而是迅速的互覷了一眼。

接著下來是冷血驟然出現，刺殺了其中一人，見那空手的蒙面人狂嘯一聲，衝出茅篷，往下落去！

這當然就是不敢戀戰，落荒而逃。

另一個較纖巧的人影也想跟著就逃，但他稍微慢了一慢，鐵手已截住他所有的去路。

這人反應也極快，不向外逸，反向內闖，直掠梯口。

梯口有冷血。

有冷血在，這人再快，也快不過冷血的劍鋒。

卻就在這時，梯口響起了一陣急促的步履聲，使得冷血不禁要扭頭去看。

第四回 一聲尖叫

一

冷血回首去看的時候，卻看見習玫紅冒出頭來。

冷血回頭的刹那，那人已越過冷血，跟習玫紅打了一個照面。

如果那人是要在掠過冷血身邊時向冷血出手的話，那麼，就算冷血因回首而分心，那人一樣奈何不了冷血。

因爲冷血的劍，尤利於一雙眼睛。

可是那人彷彿也知道自己絕不是冷血的對手，所以並不出手，只想盡力逃走。

冷血此際若出手阻止，必然來得及，只是他看見習玫紅已揚起刀來，一刀三花，向蒙面的人攻了過去！

冷血不禁遲疑了一下，一是因爲習玫紅的三小姐脾氣不知高不高興有人助她一把；二是看來已有作戰的準備，雖然以習玫紅的武功只怕贏不了這人，但要輸也是一、兩百回合以後的事。

冷血遲疑了一下，一下只不過極短的光景，但一個出人意表的變化就發生了。

習玫紅一刀砍向蒙面人，蒙面人以鐵扇兜住，兩人似乎都要把對方發力推跌，但蒙面人卻冷哼一聲，做了一件事。

他把遮著臉的黑布，用另一隻空著的手抓了開來。

他才抓開便又放手，臉紗又重新罩在臉上，卻就在他把臉上的蒙紗抓開來的刹間，習玫紅陡地發出一聲驚呼。

這人背向鐵手、冷血，所以鐵、冷二人也看不見這人的臉孔，但看得見面向這邊的習玫紅的臉孔，在這刹間是充滿了驚詫、詭奇以及疑惑、不信。

接下來習玫紅收了刀，顯然是想說話，但她才啓口，對方已用手點了她胸前三處穴道，冷血、鐵手全力撲近時，蒙面人已一手搭著習玫紅的脖子，轉到她身後，鐵手、冷血正要出手搶救的時候，蒙面人已把有鋒利鋸齒的鐵扇扇沿，貼到習玫紅雪白的頸項上。

鐵手、冷血都不禁暗透一口氣，陡然站住。

四個人僵在那裡，都沒有說話。

這時習秋崖驚魂甫定，見三妹落在敵人手裡，不禁大呼道：「別殺她——」

那人冷笑，「我想要怎樣，我不說，你們應該知道。」竟是很低沉有韻味的女子聲音。

鐵手又長吸一口氣，點點頭道：「好，妳走，我們不追。」

那蒙面女子冷笑道：「你以爲你這樣說，我就會相信？」

鐵手攤了攤手，說道：「妳要怎樣才相信？」

蒙面人發出一陣低沉的笑聲，「你們遠遠的走開去，我在高地，可以望得很遠。一直到我看不到你們的影子爲止。如果在我還可以望得見的地方你們稍作逗留——」她的手在扇子一用力，習玫紅雪白的脖子上立時出現了一道血痕，冷血激動地叫：「別——」

蒙面女子尖笑一聲，笑聲一斂，道：「要我不殺人，你們立即走！」

鐵手、冷血對望一眼，可全無把握。這三個刺客既然主旨是殺害習秋崖，那麼，很可能因爲同樣的理由，而不放過習玫紅，尤其自己等人走出那麼遠，蒙面人大可殺掉看過她真面目的習玫紅，再從容逃走的。

蒙面女子似乎也知道兩人在想些什麼，尖聲催促道：「怎麼？還不走——我現在就殺了她！」

冷血和鐵手一時也不知如何拿定主意是好。蒙面女子挾持人質，自己並不愴惶奔逃，反而要各人離開，實是十分難以應付的高明作法。

那蒙面女子冷笑道：「你們已別無選擇，否則，她立即就得死！」

只見習玫紅的臉上露出極爲驚駭與憤怒的神色來，眼神裡又極爲惶恐，似乎想說什麼，但被點的正是「啞穴」，冷血瞧在眼裡暗嘆一聲，跺了跺足，道：「好。」

鐵手衡量局勢，實想不出什麼辦法可以反敗爲勝。他這才注意到，除了木樑上郭秋鋒的屍首，以及地上彪形大漢的屍骸外，平臺草堆裡還有兩個戍卒打扮的人早已氣絕多時，應該是駐守這兒瞭望的邊防衛兵，剛好碰著這件事，想來干涉，結果被殺。

除此之外，石窗邊還伏著一具屍首，是家丁打扮，腰繫黃帶，這種服飾鐵手與冷血極爲熟稔，便是習家莊壯丁的衣著打扮。

敢情是這習家莊的壯丁來找習秋崖，習秋崖才毫無懷疑的跟他去了，中途遇敵時，這壯丁也不知是被郭秋鋒揭發使他形跡敗露而殺之，抑或被自己人爲求滅口所殺。

鐵手這細慮只不過是片刻的功夫，然而蒙面女子已極不耐煩，尖聲道：「好，你們不走，我可下毒手了——」

冷血扯了扯鐵手衣袖，示意要走，鐵手眉一揚，沉聲道：「習夫人——」

他一叫出這三個字，習秋崖和冷血都呆了一呆，習玫紅的大眼睛卻霎了霎，然而蒙面女子全身震了一震，從她臉上的蒙布忽然緊收看來，她是極爲驚訝，鐵手怎麼會叫出她的身分來？

就在這時，她的背後陡地響起一聲尖叫。

這一聲尖叫，是一個人用盡全力叫出來的，叫的人雖然不會武功，但這突如其來又在蒙面女子心裡亂至極點時的尖叫，令她顫了一顫，霍然回首！

這受驚動而回首的情形，就跟冷血因習玫紅在背後出現而回頭完全一樣。

一回首有多快？

但她這一回首是永遠。

因爲她的頭已永遠回不過來了。

她回首的瞬間，鐵手猛撲近，雙手一拍一合，挾住鐵扇。

鐵扇就似被熔鑄到石塊裡，分毫也不能搖動。

同時間，冷血出劍。

劍貼習玫紅頸項而過，穿入蒙面女子咽喉裡，在頸背「哧」地露出一截帶血劍尖！

四個人，就停在那裡，一動也不動。

直至習玫紅驚駭欲絕的雙眼慢慢有了一種無依的神色，習秋崖大叫一聲躍了過來把他的三妹拉走，解了她的穴道，習玫紅才能伏在他的肩上號啕大哭起來，

「……是……嫂子——」

二

地上排著六具死屍。

兩個守衛軍、一名壯丁，郭秋鋒、彪形漢、習夫人。

不管是忠是奸，是好是壞，賤或尊貴，死了都只有一副沒有生命的軀體，完全平等，完全一樣。

習秋崖在餘悸中轉述他的經歷——

「習甘（就是那已死的習家壯丁）到郭捕頭家來找我，說是大嫂叫我回莊，鐵二爺和冷四爺已使大哥回復清醒了，可以回去，沒事了……於是我就跟他去了，郭捕頭不放心，他跟著我去，沿路來到這裡，突來了這三個蒙面人要殺我，郭捕頭一面護我一面跟他們交手，叫我逃上瞭望台向衛兵求助，但他們也追殺上來了，郭捕頭捨命救我，犧牲了性命，兩個衛士加入戰圍，也給殺了，習甘不知發生什麼事，上前來護我，也給那蒙面女子……大嫂……殺掉，我正在危險時，你們就來了。」

而在習夫人背後陡然發出尖叫的是小珍。

鐵手、冷血放下小珍衝上樓台之後，習玫紅是急性子，她只叫小珍留著，便也掠了上去，只不過她的輕功當然比不上鐵手和冷血，所以慢了一點點，這慢一點點的時間，就是冷血救了習秋崖和鐵手，殺了彪形大漢的時間。

當小珍走上去時，習夫人已挾持習玫紅，由於習夫人全神貫注面對大敵，是以並沒有察覺小珍自背後的樓梯漸漸向她逼近。

但是小珍並不會武功。

她瞭解了局勢後，便用盡氣力，發出那一聲尖叫。

她相信自己能使得那蒙面人分心，鐵手、冷血一定有辦法應付得了。

她這一聲尖叫，果然奏效。

鐵手見習夫人倒地而歿之後，才呼出一口大氣，衝到梯邊，見是小珍，他笑了，看到小珍又害怕又調皮的神情，他不禁用手去拍了拍她的頭，「原來妳叫起來會這麼大聲的。」

小珍笑了。鐵手看到小珍那一笑，眼神裡有一種極疼惜的神色，但這神色很快一閃而逝，鐵手又恢復了平日他辦案的臉孔，他伸出的手，也縮了回來。

小珍過一會，才緩緩走上樓台來，爲受傷的習秋崖裹紮傷口。

三

聽完習秋崖的轉述後，鐵手和冷血齊跪在郭秋鋒屍體前，咚咚咚叩了三個響頭。

鐵手臉色沉得像一塊鐵，「郭兄，你盡職而死，爲友而亡，你安心吧，你的心願，我們會替你了的。」

冷血也一字一句地道：「郭兄，你雖不是爲我們而死，但也可以說是我們連累了你，你放心去吧，你未了的事，我們會替你辦妥照料的。」

其實「白雲飛」郭秋鋒最主要未了的兩件事：一是他盼望著他唯一的親人弟弟也能秉公執法爲民除害，二是一樁事關他叔叔被殺的案件未破。鐵手、冷血這番話是對死者說的，他們一諾千金，生死無改，等於是把兩件事都攬在身上了。

習秋崖忍不住問：「鐵二爺、冷四爺，不知……你們是怎麼知道……這蒙面人就是……」

冷血道：「我不知，他知。」他轉首望向鐵手。

鐵手笑道：「我也不知，我只是猜……」鐵手目光露出深思的神情，「首先我看到樓臺上有習家莊家丁的死，設想此人便是來請習二公子回莊的人……當然，請二公子回莊的人必不是這三個刺客，如果是，他們在殺你時就不怕萬一被認出來而殺不死你以致蒙起了臉。能使得動習家莊家丁的人，當然是習家莊有權力的人，而這人又不想暴露身分，所以更可能是這三個蒙面殺人者之一。」

他頓了頓，又道：「習三小姐被這人挾持，是因爲看見此人面目，大感詫異，以致全無抵抗，所以，我推想這蒙面人是習三小姐的熟人，甚至可能是長輩，以習玫紅的刁蠻性子……要不是長輩，她可能還照樣狠打下去。這都使我聯想到神奇失蹤的習夫人來，所以隨口叫了一聲，圖使她失神分心，沒想到果然叫破——只是，如果沒有小珍姑娘的尖叫，要救習三小姐還是沒有把握的。」說著把欣賞的目光投向小珍。

小珍垂下了頭。她勻美的後頸有一個恰好的彎角，讓人有柔和寧靜幸福的感覺。

習秋崖捉住她替他包紮傷口的手，深情道：「小珍，沒想到妳叫起來會那麼大聲。」他沒有注意到小珍的眉心迅速的皺了皺。

習秋崖又道：「我起初聽到妳叫，還以爲妳出了事……」

習玫紅掩臉茫然道：「大嫂她……她不是失蹤了嗎……她爲什麼要這樣做？」

她睜大眼眸向鐵手問，顯然已把鐵手當作是萬事通。

鐵手沉聲道：「我也不知爲了什麼，我更沒有想到令嫂居然就是『神扇子』的門下女弟子黎露雨。」

習玫紅驚道：「什麼……大嫂是……是……」

習秋崖也悚然道：「你說大嫂是『鐵扇夜叉』？」

鐵手道：「黎露雨殺人放火，打家劫舍，愛財如命，的確有此難聽的綽號。」

習秋崖叫起來道：「我只知道大嫂原姓黎，兩年前，二管事把她介紹給大哥的……」

習玫紅也訝然道：「我從來都不知道大嫂她……她會武功呢！」

鐵手皺著眉頭道：「你們大哥的繼室居然是黎露雨，這裡面怕……一定有不爲人知的內情。」

習秋崖駭然道：「另……另一人是誰？他的腕力好猛，我的刀就是給他一棒子震飛的。」

鐵手道：「這人的膂力當然沉猛了，因爲他就是呂鐘。」

習玫紅吃驚地道：「呂鐘？『大力神』呂鐘？」

習秋崖喃喃地道：「難怪他一棍就能砸飛了我手上的刀。」他似乎是爲自己被震脫手的刀找藉口，忘了呂鐘曾一棍打在鐵手手臂關節上，結果是，熟銅打斷了。

冷血忽對鐵手道：「呂鐘、黎露雨這一對殺人不眨眼的大盜在這裡，加上三日前我們遇上而殺掉的岳軍、唐炒，不是很湊巧的事嗎？」

鐵手點了點頭，向冷血道：「恰好習家莊是這一帶的武林魁首，比起那八個被毀了的莊園，還要有份量得多了。」

鐵手和冷血這番對話，其他三人卻不知他們究竟是在討論些什麼，直至聽到鐵手乾咳一聲，問道：「三小姐。」

習玫紅側了側頭：「唔？」

鐵手道：「我們藏身在郭捕頭家裡的事，妳是聽郭捕頭說起的，是不是？」

習玫不瞭解鐵手何以有此問，便偏了頭，端詳著他，一面答：「是呀。」

「那麼，」鐵手又問：「妳得知我們在郭捕頭家裡的消息，有沒有跟妳大嫂提起過？」

「我怎麼告訴她？」習玫紅瞪大眼睛反問道：「她已失蹤數日了，我還以為……以為她遭了大哥的手，誰知……我倒有說給另一個人知道。」

「誰？」

「三管家，良晤叔叔。」

鐵手和冷血都不約而同互相對望了一眼。

鐵手沉聲道：「妳只告訴他一人知道？」習玫紅點頭。

習玫紅道：「三個蒙面人，一個呂鐘，一個黎露雨，另一個的身形，我看似眼熟，不知是在那裡見過……」

冷血接道：「便是習良晤的身影，我們見過的，而且，也只有他最了解你和我都不在郭捕頭家，大可輕易把習二公子引走，再從旁動手——問題只剩下，習良晤為何要殺二公子？這件事跟習莊主又有什麼關係？跟最近那一群殺人滅口的強盜又有沒有牽連呢？」

習玫紅睜大著眼睛，明明亮亮的望著冷血，卻發出迷迷濛濛的光彩，她實在不明白這沉默寡言的人怎麼一說起話來有這麼精強的分析能力。

只聽鐵手說：「這些謎，都要到習家莊去採望，才能解決了。」

冷血道：「如果要去，只怕要即刻動身，遲了，只怕來不及。」

習玫紅聽得甚不服氣，不禁問一句：「有什麼遲不遲的？」

冷血答得沒有一點不耐煩，「因爲在我們想到這場暗殺跟習家莊的三管家有關的時候，對方也同樣料到我們想到。」

習玫紅三小姐看來仍很不服氣，叉著腰瞪著杏眼說：「他們想到又怎樣？難道去買一個龜殼把頭伸進去藏起來？」

冷血冷冷地道：「如果藏起來倒沒有什麼，只怕對方並不是藏起來，而是採取行動，譬如說，對付令兄——」

習玫紅和習秋崖一起跳起來叫道：「走！現在就走！」

第四部

江邊一破美人心

第一回 六十四張椅子

一

習家莊前，紫花遍地，使綠草如茵的草地上，點綴得像一張精心編製的綠底紫花地氈。

風涼沁人心。草地的末端，小路的末端，是習家莊的大門口。

大門前有一個人。

這個人傴僂著身子，抽著煙，一臉都是笑容，雖然年紀極大，但絕不衰老蹣跚，反而有一股威勢。

鐵手、冷血沉著臉，走向前，習玫紅不明白鐵手和冷血何以如此冷靜淡定，她幾乎忍不住用手指往那滿臉假笑的老狐狸鼻子道：「你還有臉見我？」

不過她還沒有來得及問出口來，習良晤已經嘻嘻的問道：「二少爺、三小姐可好？你們可回來了！」

習玫紅倒是被氣得愕住了，習秋崖冷哼道：「我們若是不回來，豈不正中你下懷！」

習良晤好像沒有聽見習秋崖的話，逕自笑瞇瞇的道：「快進去罷，莊主已等你們好久了。」他瞇著眼笑嘻嘻的向鐵手、冷血臉上一溜，「莊主也在等候鐵二爺、冷四爺。」

「哦？」鐵手沉住氣道：「那就有煩三管事引路。」

習良晤一躬身，笑嘻嘻的走在前面。習玫紅忍不住想上前去摑他一記巴掌，她身影一動，忽覺手給人握了一握。

那人握了一握，立即放手。

習玫紅叫了一聲，轉頭看去，原來是冷血，臉紅得似公雞冠般的冷血。

習秋崖警覺問：「怎麼？」

習玫紅低聲道：「沒有。」她也紅了耳根，這時鐵手已大步跟在習良晤身後，其餘的人自然也魚貫行去。

二

大廳十分寬敞，放了六十四張椅子，這六十四張椅子，置放的位子十分不劃一，有的朝外，有的朝內，椅座有的向西，有的向東，而椅子的色澤、木質、形狀，甚至大小，全都不一。有的甚至有龍雕檀木扶手；有的只是一張圓凳子，連靠背都沒有；有的鋪陳雕花錦座，像御座一般華貴；有的已漆木斑駁，還缺了一隻椅腳。

這六十四張椅子中，有一張形狀甚奇怪，是實心柚木做的，八卦形的小凳上坐著一個人。

這個人，披頭散髮，滿身髒臭，但雙眉插鬢，臉上露出一種沉思的神態，使他整個看去，令人有種十分溫文儒雅的感覺。

這個人盤膝而坐，膝上打橫放著一把刀。

這個人鐵手和冷血已不是第一次看到。

但冷血和鐵手第一次看見這個人的時候，這個人還是被人鎖在牢裡的。

這個人當然就是習家莊莊主習笑風，他背後還有一個兵器架，上面擱著三、四十柄不同形狀的刀。

三

習秋崖一見習笑風，怔了怔，脫口低呼了一聲：「大哥——」一面叫，退後了一小步。

小珍一見習笑風，臉都白了，退到一個人的身後，藏住了大半個身子，隨後才知道那人是鐵手。

習玫紅最開心，叫道：「大哥，你沒有瘋啦？」

習笑風平靜笑笑，目光緩緩看了鐵手一眼，又轉到冷血身上看一眼，緩緩地道：「鐵大人，冷大人，久仰了。」

鐵手微微稽首，「習莊主，不必客氣，請直呼鐵游夏名字便可。」

習秋崖對脾氣古怪的哥哥猶有餘悸，不敢說話，習玫紅卻爭著說：「大哥，我們沿途受到刺客的突襲，都是三管事幹的好事。」

習笑風臉色一整，道：「胡說，三管事對習家莊忠心耿耿，怎麼會作出這等事來，女孩兒家嘴裡可別亂說話：」

習玫紅被這一喝，委屈得扁起了嘴，幾乎要哭出來。在一旁的習良晤卻走上前來，作揖一疊聲地道：「是，是呀……三小姐可冤枉人了，幸有莊主明鑒。」

習笑風向習玫紅叱道：「還不快些向三管家賠不是。」習笑風近年雖脾氣古怪，但極少對習玫紅疾言厲色過，是以習玫紅聽了更覺委屈。

習笑風忽然在座椅上直了身子，他身子一直，也不見他有任何動作，已到了習玫紅、習良晤之間。喝道：「還不道歉？」鐵手和冷血心知習家莊莊主的武功定有過人之能，沒想到他連輕功也那麼高，都暗自提防。

習玫紅嘟起了嘴，「我——」忽然疾風勁閃，「哎唷」一聲，習良晤已倒了下去。

這變化委實太快，眾人還未看清局面，習笑風已點了習良晤的穴道。

習笑風道：「其實三管事殺人劫財的事，我早已留心了，只是一面按兵不動，以防會打草驚蛇，現在可把他制住了。」

習玫紅和習秋崖都驚詫他兄長的清醒。冷血忽道：「只怕習三管事還不是主謀。」

習笑風愕了愕，「冷四爺指的是？」

冷血道：「近月來，兩河一帶一連八門慘禍，是由六個匪首帶一干歹徒做出來的。六人之中，岳軍、唐炒，已被我們所殺；今日暗算習二少爺的三個兇徒中，黎露雨、呂鐘二人，也只是那剩下的四名匪首之二。」冷血望定習笑風道：「匪首至少還剩下兩人，如果其中之一是習三管事，還有一個是誰？」

習笑風苦笑了一下，「你問我？」

鐵手補充道：「我們得悉在江湖劫財殺人的黎露雨，就是尊夫人……」

習笑風眉一揚，道：「你們把她怎麼了？」

鐵手略一沉吟，道：「尊夫人挾持三小姐，我們……為了救人，把她殺了。」

習笑風一震，問：「她……她……死了？」

鐵手、冷血暗下戒備，以防他猝起發難，答：「是。」

習笑風驟然發出一陣狂笑，笑後痛快已極，連聲道：「好，好，好！」然後又道：「這樣的女人，該殺！」

眾人一陣錯愕。習笑風滿眶淚影，抬頭道：「你們殺得好，可惜主謀並不是我，我也並不是二個匪首中任何一人。」

習玫紅這才看出原來冷血和鐵手對她大哥已經生疑，氣沖沖地道：「大哥是一莊之主，才不會做這種鬼鬼祟祟的事！」

鐵手道：「三小姐，我們也同樣希望令兄不是這樣的人……很多事情還未水落石出，不過，我們這兒還有一個活口，也許，可以從他口中問出一些什麼來。」

冷血接著道：「但是，三管事若有任何意外，不能說話了，就不能說出他夥伴來了……所以，任何人，包括以一時怒氣、誅殺強盜的名義來殺他……就是同謀之一。」

習笑風嘆道：「二位不愧是名捕，果然小心過人……你們儘量去問話吧，我可以保証三管事不會出事……」

他的話未說完，地上的習良晤倏地躍起！

鐵手、冷血二人，防的是別人對習良晤殺人滅口，卻沒想到殺人滅口的是習良晤自己！

習良晤躍起，伸手五指，飛扣鐵手左頸大動脈！

鐵手雖然未防習良晤猝起施襲，但任何人想近他的身，畢竟不是一件易事！

他反手一格，習良晤五指就扣在他的右手手臂上。

只聽「格」的一聲，習良晤五指如同電觸，疾彈了起來，鐵手手臂上的衣服也似被灼焦了一般，現出了五個指頭大的洞！

但習良晤的另一隻手，卻抓住了小珍的後心。

鐵手虎吼一聲，振臂欲擊，卻不敢動，因為習良晤說了一句話：「你再動手，我殺了這女子。」

四

就在鐵手發出怒吼的同時，冷血乍覺後腦急風驟至！

冷血急忙一伏的同時，劍已自後刺了出去，由於他這一下反擊急極險極，是以劍未拔離腰帶，就自後疾刺了出去！

他的劍，一向是沒有鞘的。

這時，習玫紅跟他對面而立，顯然是看清楚了偷襲的人，於是喊出一聲尖叫。但她發出尖叫之時，冷血已背著對方，劍在腰後不離腰帶地跟對方過了十七、八招，這十七、八招之內，冷血是完全沒有機會回過身來應戰的，那是因爲對方的攻勢實在太急了！

習玫紅尖叫完之後，震惶莫名的叫了一句：「大哥，你幹什麼？」

冷血就在習玫紅這一聲呼叫中，肯定了偷襲他的正是習笑風！

冷血知道偷襲者是習笑風之際，又已跟他交手了二十餘招，在這二十餘招內，冷血有後退有前進，變了七、八種不同的劍招，雖然他此刻發劍應敵的位置使得他前進反而等於後退，而後退等於前進，但他始終沒有餘空在習笑風密集的刀法中回過身來。

鐵手、冷血不但是同僚，而且是同門，他們在闖蕩江湖，爲民除害的日子裡，不知經過了幾番生死大難、險惡風波，所以兩人相知甚深。

鐵手一見冷血被習笑風追擊的情形，雖然稍處於下風，但可以肯定的是，冷血暫時不會有生命之虞。

只要一開始殺不了他，冷血永遠能越戰越勇，反敗爲勝。

鐵手對冷血永遠有信心，就像冷血對鐵手一樣有信心。

鐵手知道自己所面對的，比冷血所應付的更爲危難，雖然習良晤的武功只怕比習秋崖好不了多少，根本不能和習笑風相較，但習良晤卻操縱了一個人的生死。

一個全不會武功的可憐女子之生死。

小珍的生死。

鐵手手心出汗，但臉上微笑如故。

這些年來在江湖上的險死還生大風大浪告訴他，凡是對自己不利的場面，表現得越鎭定越有機會把局面扳過來，相反，則是情形會越來越糟。

在江湖上，就算對朋友，也只能以報喜不報憂的態度去應付，何況是敵人；其實縱使是朋友，在詭譎的江湖裡，也不知會那一天突然變成敵人。

五

鐵手微微笑道：「三管事，你好像抓錯了人，這位姑娘並不會武功。」

習良晤楞了一楞，他猝起暗算鐵手，因知鐵手功力，也未抱著太大的希望，所以他一方面出手攻擊鐵手，另一方面抓住小珍，他確想藉以挾持鐵手，至少，也可以作萬一時的護身盾。

鐵手這一句話，使他從第一種作用，退到第二種作用去：小珍只是一個無足輕重的女子，拿她來要脅鐵手，那是不可能。

可是當時習良晤不能抓住習玫紅或習秋崖，那是因爲習笑風的關係。

只要在他驟起動手之際習笑風並不出手，自己孤身一人在兩大高手的環視之下，那是極其危險的。

習良晤冷笑道：「鐵手，你是捕頭，一個官差難道置人命而不顧？」

習良晤這一問，正問中了鐵手心中弱點，鐵手不禁倒抽一口涼氣，但在他外表，卻一點事情也沒有似的，微微笑著。

而在此時，他接觸到小珍的目光。

小珍被抓著後心，自然無力掙扎，就算她沒被抓著，有習良晤這樣的高手在旁，她也無法作出任何抵抗。

通常人在這個時候都會尖呼饒命，或求鐵手就範，以使自己得倖免於難，這也是較自私的做法。

另一種情形，是被挾持者與圖謀救人者的感情較深，所以不會叫對方來救自己，他不會求對方勿輕舉妄動，反而會要求對方別管自己，先行逃難，或者是無所顧忌，儘管攻擊。這種要求，無疑是把對方的性命看得比自己的性命還重要。所以，聽到這種要求，無疑比哀呼更亂人心。

但是小珍並沒有叫鐵手不要管她的安全，而是像一般貪生怕死的俗人一般，叫：「別殺我，求求你不要殺我，鐵大人，你千萬不要動手，他會殺我的。」

這幾句話，顯得小珍十分自私怕死，但此時鐵手正與小珍目光相對，鐵手在小珍烏亮的眼眸裡，看出了許多的心事，在這生死關頭中，一下子，許多千語萬語，鐵手都從她的眼色中看懂了。

所以鐵手冷冷地道：「小珍姑娘，這很難說，我總不能爲了救妳，而讓盜匪逍遙法外。」

習良晤一聽兩人的對話，眉心就打了一個結，情知這人質，對自己並沒有什麼用處，鐵手跟她可沒有什麼特別關係，絕不會爲她作出任何犧牲，所以把這女子留在身邊，反可能是累贅，他立時想把小珍放棄了。

可是這時候，習秋崖從旁發出一聲痛心疾首的厲呼：「不能！不能！不能傷害小珍！鐵二爺……你是公人，不能這樣做，不能這樣做！不能傷害小珍！」語音甚是悽楚，還帶著哭泣的聲音，習良晤本來要把小珍推到一旁，一聽了這句話，又重新把她攞在身前，五指如鉤，緊執不放。

第二回　失蹤寶刀

一

鐵手迄此，不禁發出一聲微嘆，他這才知道，習二公子習秋崖不單只缺少江湖閱歷，而且對一直在他身畔的小珍之個性，也未曾瞭解。

只聽一個人拍手笑著走出來，哈哈笑道：「今晨在下才和鐵、冷二位大人討論過濫用權威、誤人害己、先斬後奏的事，當時鐵大人一定要秉公行事，但而今鐵大人似乎把執法之時害了無辜性命，當作家常便飯一般稀鬆平常，那麼這個法子，對官家似乎沒什麼作用了？」

說話的人正是習英鳴。此人六尺高，虯髯滿臉，極有威儀。鐵手沉聲道：「法治本就官民皆然。」

他板著臉孔說這句話，但心裡暗叫了一聲：慚愧。

習英鳴慢慢走近，斜睨著鐵手道：「那麼，鐵大人爲立功，無視他人的性命了。」

習秋崖在一旁厲聲叫道：「不，鐵大人，小珍她不能死，不能犧牲小珍……」

鐵手不去理他，只低沉聲道：「殺人放火不是我，而是你們。」

「其實誰不都是一樣？」習英鳴哈哈笑道：「逼死人與殺死人相比較，只是少了一刀！」

鐵手冷冷地道：「那麼，二管家和三管家就是膝下的兩位匪首了？」

「回到正題兒來了？」習英鳴哈哈笑道：「到這個地步了，揭盅的時候到了，我們當然不必否認。」

鐵手淡淡地道：「那麼，正主兒爲何不一起出現，省得一個個出場，分別動手費事。」

「主角永遠是最遲才出場現身的。」習英鳴仍豪氣干雲如一個好客的主人在招待遠來的客人一般，「正如你們吃公門飯的辦案時殺幾個人，可以解釋自衛或爲公事殺人，沒什麼殺人者死的責任要負的道理一樣。」

鐵手聽了這句話，心頭極爲沉重，事實上，的確有不少公差拿公事作一個幌子，逼害了不少善良無辜老百姓，就算有些真的是盜賊奸人，其實也沒有到死罪的地步，這些被冤死者的數字，恐怕絕不比真正該死的人的數字來得少。

所以捕快、差役，在絕大多數民眾的心目中，不但不是執行正義的救星，反而是欺騙壓榨的煞星。

習良晤見習秋崖要衝過來救小珍，左手五指，便緊了一緊，小珍強忍著沒有叫出聲來，可是只要看見她臉色遽有一種驚心動魄的白，就知道她在強忍非人所能忍受之痛苦。

鐵手一伸手，搭住了習秋崖的肩頭。

習秋崖掙扎著，急促地叫道：「放開我！」但他被鐵手的手這一搭，人就似被釘入了土地裡，無論怎樣也掙脫不出來。

鐵手道：「二少爺，你這樣子，不是救她，而是害她！」

習秋崖仍是叫道：「我要救她，我要救她……」就像一個悲憤至極的拗執小孩一般。

習英鳴斜著眼睛道：「是了，習二少爺，你如果要救這小姑娘，除非先殺了那位鐵大人……殺了鐵大人，就可救小姑娘。」

習秋崖看看小珍，又看看鐵手，臉上露出一副極其憤懣的神情，向習良晤、習英鳴戟指忿道：「你們……你們是習家莊的人，你們這樣怎麼對得起習家莊？」

他以為這樣厲聲質問，會使兩人愧無自容，誰知道習英鳴笑態如故，反問：「二少爺，我們的莊主，你的大哥，現在也不是一樣捫著良心做事。」

他說了這句話，習秋崖瞠目不知以對，可是戰局突然起了很大的轉變。

因為習笑風對冷血的攻勢，遽然停了下來，他攻得極快極急，但一停下來的時候，刀已回到鞘中，刀鞘已放在膝上，人已盤膝而坐，而且就坐在原來的凳子上，人也現出一種文靜儒雅的氣息來，就像剛才發出閃電驟雨一般密集的攻擊，是跟他完全無關的人似的。

只聽習笑風嘆息了一聲，道：「是，我是昧著良心，但卻是你們逼我昧著良心的。」

習英鳴冷笑道：「凡是昧著良心做事的，人人都可以說他是被逼的。」

習笑風道：「但我被你們逼害，已經三年了。」他平靜的臉容忽然青筋躍動，但他依然端坐著，顯然是用了極大的力量來鎮靜自己。

「自從三年前先父去世後，我就發現，習家莊只是一個空殼子，真正的實權，是在你們手上。」

習良晤忙道：「我怎配呢？是大總管、二管家領導有方。」

習英鳴也道：「我也不過是受到大總管感召，爲他效命而已。」

兩人這匆忙的澄清，倒似怕惹禍上身似的，忽聽一人淡淡笑道：「其實莊主還是莊主，習莊主言重了。」

說話的人正是英華內斂，氣定神閒的唐失驚，他正施施然的緩步出來，右手拖了個六、七歲大的小孩。

鐵手淡淡地道：「幕後人物終於登場了。」

習笑風看見那孩子，臉肌抽搐著，但並不站起來，習秋崖、習玫紅一見，不禁叫了出聲：「球兒，你怎麼在這裡？」

「球兒，你不是已經……」

後面一句，總算及時省起，沒說下去，但見那小孩神態木然，雙目緊閉，顯然已被制住了穴道。

習笑風澀聲道：「大總管，你要我做什麼事，儘管出聲便可，其實又何須要挾制球兒……」

唐失驚一笑道：「莊主，我們就是因爲大意，差點給你裝瘋賣傻而著了你的道兒，還能不小心一些嗎？」

習笑風苦笑道：「最後還不是瞞不過你。」他的聲音雖經過極力抑制，但聽來仍似哭的一般，一個人若不是悲屈已極，是不會發出這樣的聲調的。

唐失驚笑道：「我們能揭穿你的計謀，其實應該多謝二位名捕。」

鐵手忽道：「大總管——」

唐失驚道：「請說。」

鐵手道：「到這個地步，我想，不管你們進行的是什麼計畫，計畫都非成功不可的了。若要成功，則非要殺我們滅口不可，我們自然也不會束手待斃的。」

唐失驚顯得極安詳，「這個當然。」

鐵手道：「既然我們雙方是非有場殊生死鬥不可，那我倒有個請求。」

唐失驚淡淡地道：「你想弄清楚這件事情？」他笑著向習笑風注目，「且由莊主先說吧！」

習笑風臉上露出一種苦澀的神情來，雙眼空洞，直勾勾的，「先父在三年前去世的時候，習家莊的大權實已移到大總管的身上，這習家莊上上下下的人手，都由他來調度，一切的大大小小事情，都由他來處理。實權都落在大總管、二管事、三管事手上……」

一個組織的這幾件要務都落在他人頭上，主人的權位被架空是可以想見的，這點鐵手和冷血當然明白。

「所以，」習笑風自嘲的笑了笑，「我只是一個傀儡莊主。」說到這裡，習秋崖已叫出聲來：「不是的，大哥，你不是的，你是莊主，你還是莊主！」

習笑風說道：「我當然是莊主，起初，我還很感激大總管、二總管、三管事爲我分憂解勞，爲習家莊出力，可是……後來我知道我不能夠決定什麼，甚至什麼也不能決定的時候，我已無力去把這危機扳過來了。」

唐失驚道：「因爲根本沒有危機，習家莊不是好好的嗎？又何須要扳過來。」

習笑風冷笑道：「你當然不需要把局面扳過來，因爲你已經把局面扳向你了。」他額上的青筋，又在皮膚下躍動著，道：「習家莊的真正莊主，已經是你，不是我了。」

習玫紅睜大眼睛道：「怎會呢？大哥，我沒有感覺出來呀。」

習笑風淡淡一笑道：「妳當然沒有感覺出來，妳平日只曉得抓鳥雀鬥蟋蟀，在後門偷偷絆人摔倒，怎有空來感覺這些事兒？不過這樣也好，不管是大總管、二管家、三管事，都沒有把妳放在眼裡，所以妳倒沒有生命之虞，使我放心……」

習秋崖道：「我倒有點感覺出來，大哥很不開心……」

習笑風截道：「你則是非死不可，球兒也是他們的眼中釘……他們要奪習家莊的大權，就得把一切可能的繼承人都殺光。」

習秋崖詫然道：「他們會……」

習笑風冷笑道：「怎麼不會？當我知爹爹原來是死於他們手上的時候，就知道再沒有什麼手段，在他們來說是不可能的了。」

習秋崖赫然道：「爹——他不是病死的嗎？」

習笑風道：「別忘了大總管是唐家的人，蜀中唐門子弟，至少有五百種方法，使中毒的人死得自然到連良醫都查不出死因來。」

習玫紅驚道：「原來爹爹他是——」

習笑風冷冷地接道：「被毒死的。」

鐵手忽道：「蜀中唐門，數百年一直是武林中最可怕而實力最深遠的一個家族，二百年來，不只一次想稱霸武林。」

唐失驚微微笑道：「事實上，唐家的人也從未放棄過要統一武林。」

冷血忽問道：「那麼二管家、三管事世世代代是習家的人，怎麼爲唐門的人效勞起來了？」

習英鳴只低頭，就立刻道：「我們這些奴才，自然要追隨個明主……何況，習家莊主太老莊主過世後，就一直沒有什麼起色，要中興習家莊，還得……嘻嘻……」他所說的「太老莊主」，就是驚才傲世的習奔龍，亦即是習笑風的爺爺——

「碎夢刀」的主人。

習英鳴還未說完的話，習良晤替他接下去：「……咱們還得沾大總管的光……仗賴唐門，光大習家莊。」

冷血冷冷道：「好個仗賴唐門光大習家莊，有這麼堂而皇之的理由，你們就算出賣祖宗十八代改姓唐，也是披肝瀝膽的事了。」

唐失驚卻不管冷血對習英鳴和習良晤的諷刺，加插了一句道：「其實，習奔龍的暴斃，一樣是我們唐門子弟下的毒！」

習奔龍奪得第一高手，無人敢與爭鋒的名號後，突然暴斃，這個謎一直至今天才給唐失驚一語道破。

鐵手冷冷地道：「看來，唐門這次要獨霸天下計畫，已經進行好久了。」

唐失驚淡淡地道：「事實上，唐門從來沒有中斷過統一天下的行動。」這句話，聽得鐵手、冷血二人心裡一陣寒意，彷彿在雙肩上，加上一道重逾千鈞的擔子。

冷血忽道：「習奔龍武功蓋世，要殺他，自不容易，所以你們用毒，但習酒井與世無爭，在武林也並不出鋒頭，你們唐門可乾淨俐落滅了習家莊……」

冷血發言雖少，但每次均能針對重點，提出質疑。唐失驚睨了冷血一眼道：「唐門要滅的是不服本門的派別，但對有相當影響力的組織，則是要併吞，如此才能壯大，推展唐門的實力——」

他笑笑又道：「與其對之徹底殲滅，不如暗中篡了習家莊的大權，奪了過來——」

眾人聽了，只覺腰脊俱生了股寒意。

鐵手道：「所以，你們在習酒井當權的時候，已暗裡替換取代了實力。」

唐失驚淡淡地道：「所以習酒井習糟老頭兒除了酗酒外，再也找不到別的事可以做了。」

習笑風苦笑一聲：「正如我到末了，除了悶悶不樂以及瘋瘋癲癲外，還能做什麼？」

唐失驚正色道：「習莊主，其實你也算了不起，你裝瘋賣傻，差點就把我們騙過去了。」

冷血忽道：「你們在習酒井．代已奪得實權，爲何不索性殺了習莊主，取而代之，卻要那麼大費周章？」

習笑風道：「那是因爲一把刀。」

唐失驚點頭道：「碎夢刀。」

二

眾人聽得「碎夢刀」，均是一怔。

習玫紅道：「『碎夢刀』是莊主的信物，跟這事又扯上什麼關係？」

習笑風一笑，這笑容充滿了自侃自調，「若沒有這把刀，我早就給人不明不白的殺掉了。」

唐失驚以一種嚴肅的聲調道：「習家的『失魂刀法』雖然厲害，曾叱吒武林一時，但江山代有才人出，『失魂刀法』也不是不可破的刀法，何況，習家一直也沒有像當年獨創『失魂刀法』的習豫楚這樣的天才出來，『失魂刀法』更顯式微！」

他臉有得色的笑了一笑，「而且，習家的『失魂刀法』，我已完全學得。」

他當然是自得而笑，他這一笑的意思是說：習家莊的家傳刀法我會，但唐門的秘技你們可不會。唐門這些年來，不知用多少種不同的手段學得了多少種不傳的絕技，但武林中人卻對詭秘的唐門依然不瞭解。

「可怕的是『碎夢刀』，」唐失驚又道：「這把刀鑄冶之後，習奔龍一戰而雄霸武林，這刀能把『失魂刀法』發揮十倍的力量，那是不容忽視的。」唐失驚說著時候，眼睛發出一種懾人的異彩，這異彩在一般權力慾極重野心極大的人眼中，尤其在爭雄鬥勝的過程中，常常可以見到。

也許，幾頭餓虎在爭一塊羊肉時，那野性的殘暴的眼光與此近似。

「但這把刀卻是去了那裡呢？」唐失驚說這句話的時候，是望向習笑風的。

習笑風這次回答的時候，臉上有了一些神釆。

「我爹雖然昏庸，但是，他卻沒有把刀交給任何人，包括我。」

眾人都明白他的意思，若習酒井把「碎夢刀」交給唐失驚，自然是等於把習家莊雙手奉送給唐門一樣，日後禍患無窮，但如果把刀交給習笑風，不管是明交還是偷傳，結果都是一樣，唐失驚一定會奪取寶刀，那習笑風便有殺身之禍。

可是習酒井沒有交出寶刀。

但是刀呢?刀在那裡?

唐失驚寒著臉道:「這把『碎夢刀』是習家莊的命根,一定藏在某處,習奔龍一定把寶刀傳了給習酒井,但習酒井沒有把刀傳給習笑風,刀會在那裡?」

冷血冷笑道:「如果習酒井把刀交給了習笑風,你早已殺了他,去做你明正言順的莊主了。」

鐵手沉聲道:「所以如果你一天找不到碎夢刀,就一天不能名正言順的竊取習家莊大權!」

唐失驚笑了,「不過,這也有例外的時候,比如,習莊主不聽話了,不受控制了,或,知曉一切,明白真相了,要反抗我們了,我們就會不惜一切,縱沒有刀,也殺人!」

「還有,」唐失驚補充道:「『碎夢刀』雖爲習家莊鎮莊之寶,但可能已經失去,否則,習酒井雖然昏庸,如果一刀在手,不可能不試試看能不能鏟除我們的,至於習少莊主——」

唐失驚充滿信心地笑了，「我們至少用了一百種方法，用了各種不同的壓力，要是他有『碎夢刀』，不早就跟我們拚命，也早都獻上給我們了。」

第三回　四十張不同形狀的單刀

一

單只聽唐失驚這一番話，就可以想見習笑風身上所承受的壓力與痛苦有多鉅大了。

習笑風痛苦地道：「『碎夢刀』的確是失去了，『失魂刀法』的精髓不能發揮，習家莊只剩下一個空殼子。」但他卻是這「空殼子」習家莊的主人。

鐵手道：「這些年來，要不是爲了想利用習莊主找得『碎夢刀』，你早就把他殺了，是不是？」

唐失驚笑道：「他本來就不是我的對手。」

鐵手冷笑道：「你身兼兩家之長，如果沒有料錯，我們曾經交過手。」

唐失驚點頭道：「當時的情形，我實在應該殺了你，但我想殺了『四大名捕』之一，必定驚動諸葛先生，所以我忍住了，看來，這決定實在很錯。」

鐵手頷首道：「是錯的，因爲，今日的局面，你未必殺得了我，而且，就算你殺得了，也要殺掉兩個，殺兩個遠比殺一個轟動。」他說的「兩個」，指的當然是他自己和冷血。

冷血聽在耳裡，心裡分明，鐵手提到曾和唐失驚交過手，無疑就是在跨虎江畔救了自己之後，鐵手曾道出陝北抓到了大盜唐拾貳，唐拾貳正準備把作案兇徒供出之際，被人所殺，而鐵手跟一黑衣蒙面人大打出手，數十招內不分勝負，後來黑衣人見夥伴已殺人滅口得了手，立時退走，看來那黑衣蒙面高手便是唐失驚。

唐失驚同意地道：「看來打鐵趁熱，殺人要快，這句話一點也不錯，我就是因爲想到如果殺了習笑風，『碎夢刀』就更不可能有到手的一天，所以遲遲未下殺手，終於幾乎爲他所騙，而且，還惹出了你們來。」說著似有些追悔。

習英鳴這時接道：「習莊主裝得一副對我們十分信賴的樣子，把莊中實權全都交給我們，使我們以爲他對習家莊的權力並不稀罕，而且並未發現我們的意圖……

我們差點就給他瞞過去了。」

習玫紅叫起來道：「大哥，這樣的事，你爲什麼連我們他不說？」

習笑風道：「告訴你們又有何用？以你們的武功和衝動的性子，只是死快一些而已！何況……莊中上下，全是他們的心腹，連你們嫂子也給他們害死了，派黎露雨來監視我，你們一旦知道這件事，一定忍不住，況且，在他們嚴密監視下，爲安全計，我也沒有機會告訴你們這件事。」

鐵手，冷血聽在耳裡，心中也不禁唁嘆，不管怎麼說，習秋崖和習玫紅自小是在莊裡長大的，居然覺察不出這樣嚴重的情形，其對於權力爭鬥的無知程度，也真令人震異。

習良晤道：「所以他表面柔順，骨子裡在計畫謀反。」

習笑風抬頭冷冷望了他一眼，「謀反，究竟是誰謀反誰？」

習良晤一時爲之語塞。

習秋崖顫聲道：「那麼，大哥爲何要追殺球兒？」

習英鳴代習笑風答道：「那是他的詭計，爲求保住習球這一點骨肉，他故意裝作神智不正常，作了一些逆常的事，然後名正言順的殺傷黎露雨，使她不能在旁監視，而又不殺死她，以免我們起疑，他就趁亂把習球逐至江邊，假裝把他殺傷，其實只是推他落江而已……」

冷血忽問：「習家子弟不是規定不能近水，不准學泳術的嗎？」

習英明冷哼一聲道：「所以，我們也信以爲真，料定習球必死，習笑風如果連自己孩子都照樣逼死無誤，那倒是真的瘋子。」

習笑風道：「其實我知道那時候你們已對習家子弟動了殺心，要不是裝癲扮傻，你們已經要下殺手了。」

唐失驚道：「其實那暴雨之夜，你砍傷黎雨露，佯作追逐習球到江邊，告訴他游泳到前岸去找習野寺，然後讓習野寺去通知四大名補，前來剿捕我們，這計畫也真好。」

習笑風嘴角牽動，望了望唐失驚手掌下木訥的孩子：「對付你們，不得不如此。球兒是不聽話的孩子，因爲住在江邊，自小學會了游泳，這只有我和他生娘才知道。」

唐失驚笑道：「可惜……可惜習野寺雖是你唯一的心腹，但腦袋瓜子太過愚騃，他不知如何去找『四大名捕』，所以找上了縣太爺來問……」

說到這裡，唐失驚一笑道：「縣太爺是我們的人，所以，習野寺立刻以拐帶小孩的名義下獄，第二天就在牢裡斷了氣。」

唐失驚說到這裡，故意摸摸孩子的頭髮，「故此，小球兒又落在我的手裡。」

習笑風雙眼發直，喃喃地道：「早知如此，那天暴風雨之中，我該一起逃出去。」

唐失驚斷然道：「不可能，因爲我立刻趕到，習球一定逃不了。如果你背負習球而逃，更加逃不掉。你可以放棄你的弟弟，仍未能狠心到放得下兒子，放得下習家莊……」

習秋崖至此不禁問道：「大哥，那你爲何要……要逼我和小珍落江，我和小珍……真的不會游泳啊！」

習笑風道：「我逼你們下去，因爲我聽三妹說，『四大名捕』其中二人就在這江上，如我呼救，只怕名捕未來前我已遭毒手，所以把你們弄下江去，製造騷動，讓鐵大人、冷大人對習家莊的事生了興趣……」

唐失驚撫掌道：「就算是我，也不得不佩服這確是好計，況且，你這一來，殺兒害弟的，使到我們更相信你是一個瘋子，我們要奪一個瘋人的產業地位，更是輕而易舉，用不著殺你……你佯作瘋狂，至少是自保妙策！」

「但……」習秋崖嚷道：「若鐵、冷二位大爺沒有來救我們呢？」

「那怎麼樣？」習良晤瞇著眼道：「你不就淹死了，心狠手辣，你可比不上你的哥哥，這也是我們不急於殺你的原因之一。」

他的話非常明顯，在他們的心目中，習秋崖這二公子根本就沒有什麼份量。

習英鳴也道：「他故意要你們脫衣下江，弄一大堆噱頭，使得自己更像瘋子，除此以外，他的所作所爲，令人矚目，我們總不能在他被外界注意時殺了他的，何況，他也抓住我們一個心思，我們也希望他把自己的形象弄得越壞越好，這樣有便於我們日後奪權。當然這也有利於他，可趁我們對他放任鬆懈時便有逃遁的機會！」

唐失驚發出一聲輕噓：「可惜他逃不掉。我們抓回球兒後，便開始懷疑他，雖當時已滿城風雨，不能殺他，但立即把他關了起來，等到從三姑娘處知道，原來二公子落江時有『四大名捕』中二位援手，我們就明白了他只是在裝瘋賣傻，根本是在演戲！」

冷血截問道：「那麼，今早我們到地窖裡看你的時候，你爲何不發任何一絲警告？」

唐失驚代答道：「因爲他知道，我在地窖中他的牢裡，制了六道即刻使人致命但又似因瘋狂而致命的毒，只要他一說錯了話，我立刻就可以使他說不出一句話來就死去，他是聰明人，自然不會亂說話了。」

「我也說了。」習笑風喟息道：「我特別提到『碎夢刀』，就是想藉此激起你們的懷疑與興趣。」

冷血問：「那麼祖上真的沒有把『碎夢刀』傳下來麼？」

習笑風把膝上的刀一舉，臉上出現一種極其悲憤的神情。「若我手上這一柄破刀是『碎夢刀』的話，我早就跟這干賊子一拚了。」

唐失驚緩緩道：「可是此刻『碎夢刀』我已不想要了。此事已惹了冷血和鐵手，我不想把它鬧下去。」

鐵手沉聲道：「所以你一面使人告訴習姑娘我們的行蹤，你深知習姑娘的性子，一定會把我們絆住，趁此命習良晤、呂鐘、黎露雨把習二公子引出來殺掉！」

唐失驚道：「可惜……我少算了一個小珍，所以，只有一個三管事回來，我就知道你們馬上就會追到這兒來的了。」

鐵手又問：「那麼，陳家坊、照家集、鄢家橋、鞏家村、淡家村、河南鄿家、真心道場、年家寨、河北宋停墨酒莊的滅門慘禍全是你叫手下習英鳴、習良晤、呂鐘、唐炒、黎露雨、岳軍幹的了？」

唐失驚淡淡笑道：「還有習家莊——只不過習家莊實力雄厚，尚有利用之處，我們是用另一種方式來毀滅它罷了。」

他接以一種極高傲的神態說道：「我本來就是唐門特遣來統領兩河武林的負責人。」

鐵手冷冷地道：「難怪『九命大總管』在落雁幫與灌家堡先後當過要職，而後來落雁幫成爲唐門的附庸，灌家堡不到一年間土崩瓦解，勢力蕩然無存了。」

唐失驚笑道：「不過你放心，習家莊會跟落雁幫一樣，而不是像灌家堡那般下場淒慘……今天的事，我早已遣開莊中子弟，所以誰都不會知道這兒發生了什麼。」

鐵手淡淡一笑道：「唐失驚，你真有如此把握？」

唐失驚也微微笑道：「我跟你交過手，可以說是不相伯仲，但冷血一人，絕不是英鳴、良晤外加上習莊主的對手。」

習玫紅叫嚷了起來：「大哥爲何要幫你？活見你的大頭鬼！」

唐失驚依然微笑：「因爲習球在我手裡，他不幫我，習球就死定了；不相信，妳可以去問問妳那聰明知機的大哥看看？」

習玫紅走上前去，扯著習笑風的衣袖，急得一疊風般的問道：「大哥，哥哥，是不是？是不是？哥哥……」

習笑風仍然看著膝上的刀，並沒有言語。

冷血大步上前，只說了一句話：「你要是幫唐失驚殺了我們，事後唐失驚一樣會殺你。」

習笑風緩緩抬首，苦笑，只回一句話：「如果我現在不殺你，唐失驚佈在球兒身上的毒，就立即發作，你說，我能害死我自己的孩子嗎？」他把這句話說完，就對冷血出刀。

他一出刀，戰局便開始了。

戰局開始的時候，習秋崖猶在高聲大呼：「還有我們！你們算漏了，還有我們！」可是在戰局中誰也沒有理會他。

二

戰局一開始就是極爲激烈的。

習笑風快刀飛斬冷血，但就在他猝然出刀的刹那，冷血已倒飛出去！

冷血倒飛的同時，鐵手突然向唐失驚出拳！

唐失驚正要出手，忽覺拳頭小了。

本來拳往臉門打，應該是愈近愈大才是，此刻拳頭怎反而縮小了，唯一的理由就是，出拳的人拉遠了距離。

當唐失驚發覺這點時，他已來不及阻止。

鐵手倒退，退勢之疾，實在莫可形容，所以幾乎在同時間，冷血的劍與鐵手的拳，同時擊在習良晤的身上。

習良晤怪叫一聲，也可以說是在被擊中的同時，喪失了性命，仰天倒了下去。

而小珍也等於是立時被救了過來。

鐵手、冷血二人共同作戰，經年累月，心意相通，竟一出招就聯手殺了對手一名好手，救了小珍。

就在這時，唐失驚發出一聲怒嘯，向鐵手撲了過來。

鐵手在小珍之左，冷血在小珍之右，任何對鐵手與冷血的襲擊，其實對小珍都有危險，所以鐵手、冷血兩人，立時迎了上去！

所不同的是，鐵手迎向唐失驚，而冷血是迎向那一團刀光。

三

冷血曾跟習玫紅交過手，習玫紅用的也是「失魂刀法」，可以算是十分逼急凌厲。

但此刻比起習笑風所用的同樣刀法來，習玫紅的刀法就像小孩舞刀弄劍玩樂一樣。

鐵手和冷血利用突擊，救了小珍，殺了習良晤，無疑是奪得了先聲，但他們同樣因此而失了優勢。

因爲這等於給予敵人蓄勢以發的先機。

高手對敵，一點點的客觀因素，可以造成極不同的效果；而一點點的優勢，可以扭轉兩個實力相仿的人之戰敗。

鐵手的武功，要比冷血高出一點點。

鐵手的武功，與唐失驚難分勝負。

唐失驚的武功比習笑風高出很多。

所以冷血的武功，其實高於習笑風。

可是，對付冷血的人，還有習英鳴。

習秋崖、習玫紅想要幫冷血，但要幫冷血的話，豈不是等於對付自己的親哥哥？

故此，習玫紅、習秋崖一直沒有動手，也不知如何動手是好，小珍不會武功，想動手也無能爲力。

只是，習笑風加上習英鳴，兩人合起來，武功實力就要比冷血高出一些了，何況，冷血一上來就失去先機，給習笑風搶攻得如暴風驟雨，正在全力應付著。

因此三十招一過，「錚」的一聲，冷血手中長劍，被習家兩把「失魂刀法」絞得脫手飛出！

但是冷血趁敵人捲飛自己手中兵器時急退，他退至兵器架旁。

兵器架上，有三、四十張不同形狀的單刀。

第四回　失魂刀法

一

當冷血手上的劍被習笑風、習英鳴兩把單刀震得脫手之際，鐵手和唐失驚的戰局也有了新的轉變。

唐失驚用的也是習家「失魂刀法」！但是他的「失魂刀法」比起習英風來，就像舵鳥跟小雞一樣，雖同是鳥，可是相距實在太遠了！

他的刀法就似一個醉了酒或失了魂魄的人一般，左一刀、右一刀、前一刀、後一刀、虛一刀、實一刀，刀勢倏忽，一層復一層，一疊又一疊，教人無從招架，縱招架也招架不住。

鐵手沒有招架。

他以沉著爲要。以不變應萬變，見招拆招，固守要害，唐失驚的「失魂刀法」，始終攻不入他的一雙鐵掌裡去。

如果唐失驚只靠「失魂刀法」，還真奈何不了步步爲營、天衣無縫的鐵手。

但唐失驚是唐家的人，唐家的人都會唐門的暗器。

唐門子弟的暗器，毫無疑問是江湖上最令人頭痛的一種剋星。唐失驚一面揮刀，一面發出暗器。

鐵手雙手全力控制「失魂刀法」的攻勢，一面挪動身形，避開暗器。

他一面閃躲一面應戰，隨著戰局下來，他已閃到那六十四張椅子中心。

他一閃至椅子擺放之中心，即知不妙，因爲他發現，不只有一個唐失驚。

唐失驚變得有兩個，或無數個，有時在一張雕花古椅上向自己攻擊，有時躲在一張龍鳳紫檀木椅背後向自己偷襲，有時更在高籐椅之上向自己居高臨下猛攻，有時甚至是躲在太師椅下向自己雙腳暗算！怎麼會這樣？

唐失驚當然只有一個，不可能有兩個或者更多，這種現象，是鐵手陷入這些椅子中方發現的。

鐵手立時知道，自己是陷入陣中了。

也就是說，這些擺置得不規律的椅子，是一種陣勢，既似許多面鏡子，反映出無數個唐失驚向自己攻擊，也是許多面大牆，攔阻自己向唐失驚反擊，鐵手想起傳說中的蜀中唐門有許多厲害的陣勢，甚至使當年大俠蕭秋水也陷身其中，心裡就一陣悚然，他已處於捱打的境況。

要在平時，他大可踢開這些椅子，或以掌力一一震碎，可是，唐失驚狠命的刀法，以及難以防範的暗器不住襲來，令鐵手無法騰出手來毀掉椅子——情勢更危急了。

他跟唐失驚的武功，本來相去不遠，可是這樣一來，他就處於下風。

唐失驚的刀光密集，刀意迷玄，鐵手的雙掌，始終制住刀光。

就在這時，又有一道刀光，閃電般擊了下來。

二

刀光何來？

其實刀光是從冷血這一方的戰團中來的。

冷血退到兵器架旁，一伸手，抄起一張刀，又跟習笑風、習英鳴廝殺起來。

冷血是一流的劍手，他的刀法並沒劍法那麼好，而他此刻持的是刀，所以才鬥了五、六招，刀又告脫手飛出。

但是冷血立即又抄了一張刀。

如果冷血不是遇到當今武林第一流詭秘靈動的「失魂刀法」，他一刀在手，一定可以再戰下去。

可是「失魂刀法」實在太飄忽、太精妙了，所以冷血的刀一旦被習笑風、習英鳴的刀光所捲，就像一根竹子被壓到磨子裡去一樣，立即被絞碎了。

冷血反應極快，又拿了一柄刀。

習笑風和習英鳴迅速對望一眼，和身撲上，刀光捲至！

冷血大喝，刀攔二人，就在這剎那間，他突覺手上一輕。

原來這刀身跟刀鍔並沒有鑄冶在一起，而只是黏上去，所以刀一旦被大力揮動，刀身脫離刀柄，而冷血握的當然是刀柄了。

也就是說，冷血如今正使出一記刀法，但卻沒有刀，只有刀柄。

刀本長三尺三寸，而今刀身失去，只剩三寸不到的刀鍔，仍留在冷血手裡！

這樣的一種局面，若換作任何人，都會呆住的。

然而這時，習笑風和習英鳴凌厲的刀風已湧捲而至！

可是冷血完全沒有震愕，其至連怔一怔都沒有，雖然他也似乎因手上驟然一輕而皺了皺眉，但他發出去的招式，並沒有因此停頓，甚至也沒有因此而減緩，反而加快了。

他本來一刀砍向習英鳴的，此刻力與速度遽增，仍一「刀」砍下去！

這回輪到習英鳴一震。

就在瞬息間的一震之際，冷血的刀鍔已中了他的天靈蓋，冷血這一擊所蘊藏的力道，是極其之大，是以整把刀鍔都插進習英鳴的腦袋裡去！

習英鳴當然是立時死了，他一死，本來砍向冷血的一刀，就因失去力量，軟了下來。

但是冷血還是著了一刀。

饒是他一擊得手，但苦於手中沒有武器招架，只及回身一側，習笑風那一刀就掃中他的腰際，劃了一道長長的口子。

冷血痛苦地低吟一聲，同時他也聽到習玫紅尖叫聲：「大哥，不要，不要殺他——」

他精神一震，又想集中精神，對付習笑風——冷血素來以拚命出名，他傷得越重，鬥志也就越高昂，武功比他高的好手，都怕了冷血，主要還不是因爲怕了他的武功，而是對他的拚命招式大感畏懼。

對冷血而言，「掛彩」——即是受傷，才是格鬥的真正開始。

可是這一次對冷血來說，不單是例外而且意外。

冷血剛想轉過身去，就感覺到腰間一陣劇痛。這陣劇痛如此入心入脾，以致令他感覺到一陣昏眩，幾乎就此暈了過去。

他這時才看見就在他一側身的當兒，腰際傷口，流血不止，比流血不止更嚴重的是，那些血似泉水一般，噴濺開來。

這時候，耳際只聽到一陣陣瘋狂的大笑。

他知道是習笑風的笑聲。

◇◇◇◇◇◇

敵人隨時會取他的性命。

冷血想撐地而起，豈知才一用力，本來血流較緩的傷口，一下子又爆裂了開來似的，又激濺出血水來，足足射出三尺遠。任何人都經不起這樣嚴重的失血，連鐵鑄的冷血也不例外，他立時感覺到一陣天旋地轉，要不是冷血，換作旁人，早已昏迷過去了。

冷血又「叭」地一跤跌下。

他一旦倒了下來，血流又告緩和，只有血勢不急的時候，傷口才能有凝結封住血口的機會。

只聽習笑風怪笑道：「凡是中了『失魂刀法』的人，無論傷勢多輕，都失去戰鬥能力，在傷口未癒合前，一個時辰以內，不能運功，否則血盡而死。」

他狂笑又道：「一個時辰，一個時辰夠把你們宰一百個、剁一千刀、殺一萬次了！」

冷血這時在心中升起了一股極大的悔意。大廳中設了刀架，分明是預布下的局，唐失驚等人既然料定自己等人會來，而且勢所難免在廳中有一場龍爭虎鬥，那麼，就絕對不會把對敵人有利的設備擺在廳上，「失魂刀法」顯然是一種特別能將敵方兵器絞去的刀法，廳上擺了刀架，顯然就是要引手無兵器的敵人去取單刀。

而這單刀必定有鬼！

所以冷血打從一開始，他就特別留了心。

第一把刀，正常……第二把刀，無事；到了第三把刀，果然出了事。

換作旁人，手中有刀等於無，難免在一怔之間死於習笑風、習英鳴的亂刀下，但冷血反而利用對方勝劵在握的心理，殺了習英鳴。

可惜，他仍爲習笑風所傷。

他現在才明白，當年習奔龍爭取「關內第一高手」名號的擂臺比武中，所有與他交手的對手，一旦受傷，即踣地一起，無法再戰，原來習家「失魂刀法」每一刀發出之際，刀鋒都微微的顫動著，這顫動其實十分之急，而且動盪也非常激烈，這對與敵手過招來說，並沒有太大的功效，但是一旦劃傷對方，不管傷及對方有多輕微，只要是一見血，即將其血管切傷形成鋸狀，致使流血不止，而且刀鋒所透的真力所及，仍附在傷處，如果稍有牽動，即造成流血不止的狀況。

所以凡是爲「失魂刀法」所傷者，俱等於暫時的廢人！

所以冷血心中追悔，早知如此，他就寧願先不殺習英鳴，以免捱這一刀，寧可穩打穩紮纏戰下去

第五回　刀

一

習笑風砍倒了冷血，正在狂笑著；習玫紅卻衝上前來，護在冷血前，急促地道：「哥，你不能這樣子，哥，你不能殺公差……」

習笑風的眼中，突然發出一種十分異特的光芒來。這種奇異的眼神，令想上前勸說的習秋崖也不由自主的騰、騰、騰的倒退了三步。

就在這時，習笑風掃了站在角落的習球一眼。

習球爲唐失驚的藥物所制，整個人木木訥訥，愚愚騃騃的站在那裡，對眼前的情形似視若無睹。這當然都是因爲唐失驚所布的毒物控制其神智之故。

唐失驚知道習球已中了他的獨門毒藥，而解藥只有他懂得配製，甚至連他自己也不會備有，所以，他大可放心讓習球站在那裡，因爲除了他自己，誰也救不回習球。

習笑風看了習球一眼後，眼裡露出一種出奇慈祥的眼色。

但緊接這種眼色之後，習笑風的行動，是狂吼著、呼號著、怒嘷著，衝向鐵手的戰團，一刀砍了過去。

鐵手和唐失驚正到了生死立判的苦鬥中！

唐失驚一見習笑風砍倒了冷血，揮刀過來相助自己，不禁大喜，就在這時，他驀然發覺習笑風那一刀，竟是向他劈來！

唐失驚這一回可說是大驚失色，百忙中抽刀格住習笑風一刀，但「格」地一聲，鐵手的拳已擊在他執刀的臂骨上。

「格」是他臂骨折碎的聲音。

唐失驚不愧身經百戰，臨危不亂，他一個騰身倏然撤離戰團，撲過去用剩下一隻完好的手，抓住了直楞楞的習球。

習玫紅不禁掩嘴一聲驚呼，唐失驚的五指指縫，都扣著一枚發出藍汪汪色彩的

「東西」，這「東西」無疑是極厲害的暗器，見血封喉，而正抵在習球的頸上。

習秋崖撲過去營救，他忽覺有七、八道暗器不帶一絲風聲的向他射到！

唐失驚右手已折，左手扣習球的要害，但暗器不知從他身上那裡射出來！

習秋崖閃躲一輪暗器，別說救人，幾乎連命都丟了。

唐失驚扣住習球，逼退習秋崖，看他的精神，正是揚聲想說些什麼，但就在這時，習笑風怒嘯著一刀劈下！

唐失驚沒想到習笑風在愛兒受掌握下仍敢出刀，他情急中提起習球往身前一舉，如果習笑風這一刀砍下去，必定先斬中習球，才會砍中他。

所謂「虎毒不傷兒」，無論如何，這都能把習笑風的瘋狂攻勢擋得一擋。

但是接下去的變化，完全不可預料。

習笑風仍一刀砍下去。這一刀，自習球和唐失驚頭頂切了下去，一直切到習球腹際，也等於斬到唐失驚胸際（因唐失驚高舉習球當作盾牌，而習球還是小孩子，當然比唐失驚矮小得多），這一刀，幾乎把兩個人劈成四爿。

這樣的場面，不但使習秋崖駭色、習玫紅尖呼、小珍畏怖，就算遍歷武林殘殺的鐵手和冷血，也爲之震住！

唐失驚當然死有餘辜，但習球——習球只是一個孩子，而且還是習笑風親兒！

二

習笑風一刀砍下來，再也沒有多看一眼，倒提著刀回身，跟鐵手說道：「大惡已除，多虧你們替習家莊力挽狂瀾。」他說著的時候，刀鋒上還淌著他兒子的鮮血。

鐵手怔了怔，不知怎的，心頭總有一股寒意，但習笑風是確確實實地救了他一命。他只好說：「是莊主機變百出，制住了大局……」話未說完，刀光一閃，習笑風已一刀向他當頭劈到！

鐵手見習笑風一刀殺死唐失驚和自己的兒子，心中大有餘悸，卻未料到習笑風會向自己突襲，那是因爲習笑風根本沒有理由去殺害他們。

習笑風殺死自己的孩子，還可以解爲無毒不丈夫，生怕自己被唐失驚挾持，不欲錯過殺死這臣奸的時機，所以寧犧牲自己的孩子，也要殺了唐失驚。可是，習笑風此刻實在沒有理由要殺鐵手、冷血。

也許因爲見習笑風殺兒而不變色太過震愕，其實鐵手應該想到這個人還有什麼做不出來？

鐵手眼明手快，右手一格，格住了一刀。

習笑風卻似瘋狂了一般，左手一指，直插鐵手雙目。

鐵手左掌一抬，掌心擋住習笑風的雙指。

可是習笑風卻似瘋了一樣，同時間抬足一踢，這下鐵手倉促之間，再也避不過去，被踢中「窩心穴」。

這「窩心穴」不是軟穴痳穴，而是死穴。

習笑風雖並不精於腳法，但這一足踢出，卻是全力施爲。

「砰」地一聲，習笑風發出一聲慘呼，因爲鐵手力貫胸膛，習笑風一腳踢上，如在黃銅上，五隻足趾在巨勁反震下折斷。

可是鐵手死穴上捱了這一下重擊，也真夠受了。這一下憑他過人的內力，雖及時將真力氣功護住胸部，但這一腳仍使他全身痙攣起來，撫心蹈地。

換作是別人，這一腳踢中死穴，早已七孔出血而死。鐵手內功渾宏，雖不死，但也心痛如絞，一時之間，未經過調氣復元，全身乏力，喘息急促，十分痛苦。

習笑風一腳踢去，卻被震斷了五趾，心中驚疑，但終見鐵手仆地不起，忍不住發出一連串的狂笑來。

這一陣狂笑的瘋狂程度，可謂令人驚心動魄，他一面笑著，一面揮刀舞著，這時候如果還有人不相信他是一個瘋子，只怕那人才是一個真正的瘋子。

待他剛笑完，習玫紅就悲聲問：「哥，你在幹什麼？你究竟在幹什麼？你知道你在幹什麼嗎？」

習笑風瘋狂的笑聲雖歛，但他的眼神比瘋狂的笑聲還瘋狂，「妳問我知不知道自己在做什麼？我當然知道自己在做什麼，我這幾年來，受盡了委屈，忍受別人的操縱，現在，我才吐氣揚眉，才是真正的武林泰斗，才是真正的習家莊莊主……」

他的眼睛布滿了血絲，披頭散髮，臉容可怖，反過來指著驚惶中的習秋崖和習玫紅，狠狠地問：「那你們呢？你們曾爲習家莊做過什麼？妳問我爲什麼……告訴妳，唐門控制了習家莊，要把習家莊塑造成一個小唐門，所以，他們打家劫舍，劫得了不少財物——那些財物，金、銀、珠、寶、翡翠、瑪瑙、字畫，足夠拿來起一座大城……」

習笑風的眼睛發出近乎癡呆，但又十分邪惡的異彩，「你們想想，那麼多價值連城的寶貝，都是我的了，我是習家莊的莊主，我要用這筆財富來盡情享受，把習家莊建立得金碧輝煌，實力宏大，然後反攻唐門，報仇雪恨……哈哈……」說到這裡，他又發出一連串瘋狂的笑聲。

「可是，哥，」習玫紅驚懼地道：「你，你要你的金銀，不必要殺人啊。」

「我不殺人？」習笑風臉上換了一種十分猙獰的表情，「我不殺他們，他們就會把金銀財寶搶回去，交到那些貪官污吏手上，那也不是給那些狗官享用？難道還會交回給連遺孤都沒有的事主？我連自己心愛的兒子都殺了，難道會饒了這兩人？」

習秋崖驚惶地顫聲道：「那……那，我們，我們……」

習笑風睨了一眼，忽笑道：「我不殺你們，你們要替我重振習家莊聲威，你們是我的弟弟妹妹，我只殺他們，不殺你們。」他說這些話的時候，聲音十分柔和，但在習玫紅、習秋崖耳際響起來，卻毛骨悚然。

只聽冷血沉聲道：「二公子、三姑娘，令兄長期扮瘋子，此刻，他已經是一個不折不扣的瘋子了。」

習秋崖和習玫紅聽了這番話，臉色大變，兩人迅速互望了一眼，習玫紅在習秋崖耳邊迅速的說了幾何話。

習玫紅跟習秋崖說話，習笑風並沒有注意到，因爲他此時正揮著刀，猶似一個張牙舞爪的人向冷血逼進，喋喋笑道：「我瘋？你說我瘋？我就要你一輩子再也說不出話來！」

冷血捱了一刀「失魂刀法」，傷口迸裂，自然無法再躲過他這一刀。

就在這時，忽然發生了一件使習笑風沒有料到的事，習玫紅背了冷血就跑。

習笑風楞了一楞，揮刀大叫：「回來，回來……」

他大叫的同時，發現習秋崖也挾了鐵手，奪門而出！

習笑風揮刀狂追，一面叫嚷著：「放下，回來，回來！」他不斷揮刀，他的弟弟和妹妹更是沒命地逃跑。

習笑風咒罵著，披頭散髮的追了出去，只留下一個小珍在有三、四十柄單刀的架子，六十四張椅子及四具屍首的大廳上。

三

習笑風不但武功、刀法比他的二弟、三妹好得多，輕功也比他們高得多——武功比這兩人合起來都高，但輕功完全是個人的表現，不能兩人合併起來就可以跑得快一些的。

何況，習玫紅和習秋崖還要背負另一個完全不能移動的人的重量。

習笑風很快就可以追上他們，但是，習笑風的一足五趾，為鐵手內勁所震傷，以致他一隻左腿，幾乎難以移動，要不是過了綠草坪，紫花地的盡頭，就是攔面的跨虎江，而偏偏習秋崖和習玫紅又完全不懂水性的話，習笑風就一定趕不上他們倆。

可是，習笑風現在趕上了。

他曳著一隻受傷的腳，眼睛發出狠毒的眼色，嘴裡咒罵著：「好，好，你們真不聽我的話，幫著外人……你們……就不要怪我……」

習笑風曾爲了要驚動「四大名捕」來解他的危難，不惜逼自己弟弟和未來的弟婦脫衣投水，而爲了不受唐失驚的威脅，竟殺了自己的孩子，此時此際，習秋崖和習玫紅都心知肚明，習笑風要幹什麼了。

習秋崖放下鐵手，揮著刀，也一面揮著無力的手，他那樣胡亂的揮法，就像不斷的搖著手一般，只聽他嘶聲道：「哥，你不要過來，再過來，過來，我，我就……」

可是，他的話每頓一頓的時候，習笑風就陰沉著臉，逼進了一步，所以習秋崖一句話都沒有說完，習笑風已逼近他的面前揚起了刀，此刻他的臉容，就像一個狂魔在飲著血一般。

同時間，一聲清叱，人影疾閃，又一陣兵刃碰擊之聲。

習玫紅已向習笑風出了手。

習秋崖仍呆在當場，不知怎麼好。

習玫紅的武功本就不如習笑風，十幾招一過，習玫紅一面打一面叫道：「二哥，二哥，快……」她下面的話已叫不出聲。

習笑風雖傷了一足，但凌厲迅速的攻勢使習玫紅根本離不開他的刀風籠罩，甚至連說話的機會都沒有。

習秋崖手裡緊緊握著刀，由於他把刀握得那樣地緊，以致手背下的青筋全都凸了出來，冷血勉力想掙扎起身，但終又摔倒，他向習秋崖喘息疾道：「你再不去，你妹妹就要——」

他話未說完，「嗖」的一聲，習玫紅肩膊已受了傷，但習笑風手上的單刀也因太圖急攻，被習玫紅反刀迴切，習笑風匆忙撤手，刀脫手飛出，「嗖」地落在江邊，大半刀身浸在水裡，只有刀鍔在岸上。

這時小珍也已趕到，她不會輕功，能趕了過來，已屬不易。

習玫紅雖打脫了她哥哥手上的刀，但也受了傷，被「失魂刀法」所傷可不同別的兵刃，習玫紅也馬上喪失戰鬥的能力，是以習笑風一劈手，就把她手中的刀奪了過來，一腳把她踹倒，舉刀就斬。

習秋崖狂吼一聲：「不可——！」揮刀架住習笑風劈下的一刀，兩人就打了起來。

紫花簇簇，綠草地上，沁風如畫，但兄弟兩人作著捨忘生死的搏鬥。

鐵手這時強忍痛苦，想支撐起來，但死穴上曾給人重重一擊，饒是他功力高深可以不死，但一時三刻想回復活力絕對不能，他強忍痛楚，才沒發出一聲呻吟來：

「小珍，妳……快逃！」

無論誰都可以看出來，恐慌中的習秋崖絕對不是習笑風的對手，習笑風殺了習秋崖，一定會把這裡活著的人逐一殺死，連小珍也不例外。

不過在這些人中，不會武功的小珍倒是唯一有能力逃跑的人。

鐵手催促小珍趕快逃走，小珍堅決的搖首。

就在這當兒，「噹」的一聲，習秋崖手中的刀，因太慌亂而被習笑風震脫。

空了雙手的習秋崖，在習笑風瘋狂的刀光中，更是手忙腳亂，左支右絀。

小珍忽然走到江邊去，拾起習笑風脫手的刀。

跑到戰圈邊，揚聲叫：「二公子，刀，刀——」說著便將刀向習秋崖拋了過去。

習秋崖這時已不顧生死，因爲他知道，他哥哥將隨時一刀把他斬死，這更令他迸出了真火。他乍聽小珍呼叫，膽氣一豪，一腳横掃，習笑風一方面是因爲太過有信心，料定習秋崖必死於自己刀下，另一方面因左足爲鐵手震傷轉動不便，竟給習秋崖這一腳掃得踉蹌後退。

習秋崖接過小珍丟來的一刀，大喝一聲，就一刀向習笑風斬了過去。

這一刀在半空中發生了極大的變化！

這柄刀是剛從江邊拾起來的。斬到一半，水珠散開，竟似一串彩虹一般，發出極之奪目的光彩，又似一連串的迷夢，在天空閃現，令所有的人，從受傷的鐵手、冷血到不會武功的小珍甚至於被攻擊者習笑風與攻擊者習秋崖，全都迷眩於那一連串夢一般的幻象裡。

可是碎夢了。

刀已斬中習笑風。

習笑風嘶吼：「碎夢……」仰天倒落江中。

四

「碎夢刀」原來就是習笑風由小到大所用的一柄又老又舊的破刀。

但這柄破刀只要一沾上了水，就能發出十倍「失魂刀法」的力量來。

習秋崖砍習笑風那一刀，鐵手、冷血看在眼裡，完全明白了當年習奔龍爲何奪得「關內第一高手」的稱號。

當「碎夢刀」以「失魂刀法」的劇烈顫動刀鋒出招時，竟能發出這如同夢境一般的幻彩來，與之對敵的人，可以說不是被武功打倒，而是給幻象裡的美景所擊敗。

不知爲何，習奔龍不想子孫們仗賴這一柄刀的魔力而怠於武功實力的根基，但又不想毀掉此刀，或許，他是怕別人偷窺此刀，替習家引致大禍，也可能他有習家莊的六親不認的血統，不欲他的子孫們的名頭比他更響亮，所以，他把刀傳了下來，但下了禁制令，不給習家的人近水。

只要不沾水，這刀的性能也就跟普通的刀一樣，完全沒有辦法發揮。

直至如今，習笑風因爲要殺他的親弟，刀脫手，落入江中，旋被一個不會武功的小珍拾起來，丟回習秋崖手裡，然後，以「失魂刀法」一刀殺了他哥哥。

習笑風是否被習秋崖一刀殺死的呢？

誰也不知道，反正，習笑風不會游泳，落入江中，被水沖走，必死無疑。

習秋崖斬出那一刀之後，整個人愣住了。

久久也不能回過神來。

而鐵手、冷血、習玫紅卻苦於無法動彈。

幸虧還有小珍，完全不會武功的小珍，否則，他們還不知要在這綠草紫花地上度過多少時刻。

綠草雖青，紫花雖美，但對幾個受傷的人來說，還不如躺在屋裡床上來得容易恢復得多。

五

二天後，鐵手和冷血從習家莊出來，又看見綠草這麼青青，紫花那麼新新，而跨虎江在遠方，更那麼清清。

他們深吸著沁涼的江風，真想留下來不走。

何況，這三天來，習玫紅和小珍一直希望他們留下來，不管他們多留一天兩天，都是她們所期盼的，雖然她們都沒有把這期盼表達出來。

但是從習玫紅不斷把莊裡許多好玩好吃的東西拿出來引他們注意，小珍低下頭去沉思及抬起頭來柔靜的目光，鐵手和冷血都能感覺到那種期盼。

可是他們還是要走了。

小珍和習玫紅送他們出來。

習秋崖沒有送，是因爲他病了。

他不斷的發著高燒，晚上作夢，不斷的重複著他揮刀殺兄的一幕；但是，「碎夢刀」在他的手上，責任也在他的手上，習家莊不能沒有了莊主，莊主的位子，必須要他來承擔。

鐵手和冷血看到病中的習秋崖，知道他身上沒有什麼大不了的病，但在他心上，可謂病入膏肓。他們可以破一件七省廿四縣的衙役都破不了的案，但實在提供不出什麼辦法，來解決這青年人身上無形的擔子。

他們只好走了。

外面世界還有很多案子，正待他們去破。

習玫紅送他們到門口，忽然扁著嘴向冷血道：「我知道了。」

冷血詫異問：「妳知道什麼？」

習玫紅擰過身去，不去看他，「你是趕著去見那個鼻子又高又俏又嬌又翹的女人！」

冷血愕了一愕，在這一剎那間，他不知道這女孩子到底在講些什麼，只能重複那一句：「什麼鼻子又高又俏又嬌又翹的女人？」

鐵手悄悄把他拉到一邊，悄悄地問：「你還記不記得當初你跟三小姐第一次見面時，你罵過她什麼來著？」

冷血想了一想，立刻就記起來了，他走過去，眼睛發著亮，向別過臉去不睬他的習玫紅叫道：「鼻子扁得像茄子的姑娘，我們辦案去了。」

習玫紅哼了一聲，不去理他，小珍蹙蹙秀眉說：「你們要走，就走好了，還氣她作什麼？」

冷血笑著道：「如果天下間有像她鼻子那麼好看的茄子，我就寧願天天吃飯不吃別的，只看著那麼好看又俏又嬌又翹的茄子就飽了。」

習玫紅破涕爲笑，但她又不好轉身過來。

小珍幽幽一嘆：「可惜，你們要走了，否則，我做醬燒茄子給你們吃。」

鐵手踏前一步，他比小珍高一個頭有餘，小珍只能在抬起柔靜的眸子的時候，才能看到他溫柔的眼睛。

「那麼，今個兒晚上，我們等著吃茄子了。」

小珍一震，「嗯？你們不是要去辦案麼……」

「是，我們是去辦案，」冷血笑道，他平時也難得有這麼快樂的笑容，「但這件案子，就是這裡捕頭郭秋鋒叔父離奇被殺的血案，地點就在這一帶，所以晚上能回來……」

捕頭郭秋鋒的叔父也是一個有名的捕快，他的死還牽涉了許多曲折離奇的事·

但小珍和習玫紅聽了，都覺得綠草特別青綠，紫花特別美，江水特別清清。

連風，也多情。

稿於一九八一年十二月二十七日
校於一九九一年春節
期間全心全意伴母，與（姊、海、梁、何、馨）渡過這人生最後一段路程。
稿再校於九七年一月
黃金屋風水大更後，連戰連贏。
布衣敬神拜佛做善事反誤己，因而慘遭大敗。
不忿不甘，自開自解。
冷血危機漸解厄，
忙來不覺春風暖，
吹落冰霜滿華堂。

請續看《大陣仗》

後記

四個有本領的平常人

溫瑞安

「四大名捕」的故事意念始自一九七○年的時候，武俠小說讀多了，發覺大多數都寫俠侶、義盜、隱者、刺客、武林中獨來獨往的狷狂之士，我想：在當時一個維持秩序的衙差、捕快、巡役等在實質上會比前述人物更重要，爲何很少人寫牠們的故事？於是我就在高一、高二學年間寫下了《追殺》與《亡命》（即是後來成書的《四大名捕震關東》上集），不過，那只是「四大名捕」的雛型，很多意念尚未成熟，自己的風格也未能建立。

等到赴台之後，對「四大名捕」的題材有更進一步的思考，覺得在武俠小說裡常透露了作者與讀者間共同存在對社會現狀的不平與不滿，以致產生了一種幻想式同時也是理想式的抒洩。武俠是神話性的，有象徵意義的，我們難以在其他文類中找到比武俠小說更有力、更大快人心的因果循環與快意恩仇。人們喜歡讀一些英雄俠客、好漢，乃至巾幗猶勝鬚眉的傳奇故事，除了那份淋漓痛快的代入感，可在律法以外制定一個是非公道自在人心、善惡到頭終有報、中心爲本義字當先的世界。這想像世界的架構，仍是以現實世界裡的人性人情爲藍本，越是令人激賞的武俠小說，幻想層次越高，現實象徵越濃。故此，在學生期的考卷與課本中、在生活的煎熬與壓迫裡、在工作的嚴肅與沉悶時，武俠小說可以讓讀者神馳在一個似有若無的境界裡，可以在華山論劍、在紫禁之巔飛躍、在白雲山間悟出無敵最是寂寞。

讀者不喜歡看平常人平常事（雖然現實裡絕大多數都是平常人，發生的都是平常事），而喜歡看不凡人不凡事，俠客俠女，爲情捨命，爲義捐軀，甚至浴血苦戰，血染白衣，淚濕青衫，爲盡忠死，爲全義亡。讀者常爲這等義烈故事而熱血塡膺。這個時候我寫「四大名捕」，是寫他們跟一般捕頭不一樣之處。撇開「名捕」這個身分，其實他們跟一般俠客沒什麼兩樣，只是因爲他們身兼官、俠、民三方面的律法、義理與人情，所以遭受更多的挑戰、抉擇、衝擊與矛盾。一九七五年至一九七七年的《兇手》、《血手》、《毒手》、《玉手》、《會京師》都是這一個時期的作品。這奠定了「四大名捕」和我的文風。

直至近期，我考慮到「四大名捕」身爲執法者，周旋於黑暗的官場之中如何潔身自愛?如何掙扎向善?如何艱辛持正?這些都成了我興趣的中心，使得「四大名捕」不再那麼「神格化」，他們只是活生生的人，四個有本領的平常人，他們在人性上的表現，才是堪供玩味處。寫「神話」的時候已經過去，我也從少年步入成年。《碎夢刀》、《大陣仗》、《開謝花》、《談亭會》、《捕老鼠》、《打老虎》、《猿猴月》、《走龍蛇》、《鬼關門》、《白骨精》、《猛鬼廟》、《鐵布衫》、《杜小月》、《金鐘罩》等都是這一系列的作品。這四個有本領的平常人除遇險、鬥劍、血戰、破案之外，他們的溫情、愛情、親情、人情是劍風外的燭光。

劍，畢竟要有光才能反應它的美。

稿於一九八二年八月一日
校於一九九一年二月六日至廿六日

辛未年七返馬陪媽度春節期間（1st PART）
再校於一九九七年二月中
春節時期二赴賭城均慘敗
一如十二月冬至、一月生辰
凡事疑處動，淺水困蛟龍
何火氣大誤事
和失荷包，吾失款
FLOWER CITY 事件漸安然
不開心，尋開心，投無路，自創路
錯信馬騣失街亭
腳疾舊患復發，內出血外亦大出血。

附錄

【高手中的高手，溫瑞安訪問記（二）】

·最難擬摹的武俠大師·

王（正色肅容）：那就太過份了，惡人先告狀，耍流氓嘛！可有生氣？大陸文壇在這方面有輿論主持公道的嗎？

溫：生氣？才不。只有點遺憾是我明白他的處境，他不明白我的心意。犯不著為這種小事生氣，也該站在他的立場上設想。他大概也受到很大的壓力，所以才採取這樣姿勢。我還是當他是我的朋友，在可能的情形下，我盡可能不作任何傷害朋友的事。

中國大陸文壇當然也有清流，更有俠者。像李榮德便是一位。他熱心、有魄力、識見，做事有正義感，有一股撼人俠風，大可為中國武俠重振聲威做點事。他和米舒、周清霖都很愛護我的作品，在內地做了許多推動我小說的工作。我在大陸有兩位知交俠友沈慶均和韋爾立，為了我書假版的事，到處奔走，卻頹然無功。這還不打緊。原本正版發行出去的書，好賣是好賣，一下子都賣光了，款子都收不回來。他們親上東北收款。說來有趣：一次到了書店，店主是老人家，病了，住院，錢沒著落。於是沈、韋二兄去醫院探他，對方躺在床上，在吊鹽水，有氣無力的說：「你要是跟我收書款，不如就把我這氣喉針頭拔掉吧。」為了基本的人文道德，兩人只好退出了病房。

有一回更妙。到了發行經銷處，一聽有人來收錢，立即有七、八個打著赤膊、紋身刺青的爺們出來「招呼」，幾乎沒馬上上馬演出武鬥。前例是礙著人情世故只好放他一馬，後例是，好漢不吃眼前虧。那一趟，二位道義知交連「交通費」都賠了（大家聽得又好氣又好笑）。

其實，收書款這回事，就算新、馬也多有壞賬，我的書不怕賣不出去，只怕賬收不回來，更何況中國大陸地廣域寬。還是當作家好，當慣作家懶做官嘛。

陳：說實話，在新派武俠小說家裡，你的文風最難模仿。你的佈局和筆法，每每出人意表，而文筆之美，劍勢之銳，氣概之高昂，意志之灑脫，能極細極微極精微，又能極博極恢宏，剛柔並重，雄偉秀美並蓄，這非要作者既是詩人，又是哲學家，既為俠者，又是書生，更要有組織天份和深博知識乃至相當武術修為不可。模仿金庸、梁羽生、古龍皆易，因他們都有絡可尋，但好過他們則難，學的不到家的，只看一、二頁就漏底了。其他的作家更不必說。但你的文筆，一開始就得高妙、豔麗、飄逸、沉鬱並蘊，否則更加下不了筆。模擬你的人，只看一兩段，乃至一兩行，就「圖窮匕現」，露馬腳了。要學駝鳥埋首易，要學老虎躍澗則隨時都得要粉身碎骨，肢離破碎，難難難。

溫：我下筆行文，比較古怪，銳意求新，不好臨摹。當然，新不代表好，要新又要好，談何容易。但武俠小說早已名家輩出，書山字海，珠玉在前，何況現代人時間如此緊迫，若是重複前人，又不精益求精，又何必要學、要看？我寫作是要自娛娛人，而不是自娛誤人。

・如果我是西毒，那誰是東邪呢？・

我的寫法比較獨特，不好學，一旦學不好，反而很難看。學別家一旦未到火候，還可以自保，還能看得下去，學我的，如果失手，就變成高不成、低不就、三不通、四不像。所以，初學武俠就習「溫派」，那是險道，用的是險招，香港的八卦周刊稱我為「西毒」，毒是毒，但不知誰才是「東邪」呢？八二年的時候，在倪匡家裡，有位作家自詡說他甚麼人的文筆都能模仿，還能做到在發表一段時期內讀者看不出來，其中包括了金庸、古龍、三毛、衛斯理、瓊瑤……倪匡劈面就說：「你絕對模仿不了溫瑞安的。他的文筆美，你學不來。」那位先生不服氣，說一定能，倪匡就叫他寫寫看，一定逃不過他和讀者的法眼。結果到今天他還是沒把大作交上，想來他是不屑學吧。

我能這麼寫，其實是幾十年累積下來的經驗。我有一套對武俠的看法。其實形式易學，神髓難得。反正我分行你也分行，我擅促時用短句緩時用長句，你也大可長短火交互發射，不難。但意態難跟。意態既是神髓，也是內容，但也不只於內容。內容本身不僅止於故事，人說武俠是成人的童話，我才無意要說甚麼童話故事，我認爲武俠可以很現實、很現代，也很逼近事實。因爲現實裡更需要「俠」，現代更需要「俠義精神」。意態也是一種理念的演繹，一種抱負的衍生，一種風格的形成。這兒我得糾正和補充兩項誤解，一是剛才陳兄開章明義說的，我從十六歲開始寫作武俠小說。其實，有點不對。那是我武俠小說正式發表的時候。我早在六三年已在班上創作武俠小說，用我同學的名字，忠的就是我喜歡的，奸的……當然不用明言了吧。同學們，居然也如癡如醉的追看下去，反應熱烈，有的是不甘雌伏，有的是不想被殺，有的當然也大快人心。如果追溯下去，則在小學一年級時已在班上同學面前「代課」大講故事，以致有教師譏爲：你們來上課是來聽「溫瑞安講故事」的。其實更早些，我四、五歲的時候，還不識字，已在洋灰地上，用雞毛醮著鐵罐盛的水，塗塗畫畫了一個又一個的日夜，隨風即乾的都是刀光劍影、俠骨柔情的影影綽綽。

這麼多年來，我始終以「詩人」自居，還多於作一位「武俠小說家」，而我也自爲眾多文類中仍是以「詩」寫得最稱心合意，在七十年代，我在新、馬和台灣甚至給學者評爲現代詩人中的「江湖派」的創始人，並以寫「武俠詩」起家，說實在的，我對詩與俠的結合，始終不離不棄。

由於我幼時體弱，只好習武強身，偏又一直都有朋友支持，當我「大哥」一般，大家在一起，年少氣盛的時候，難免也會冒險犯難，做些扶弱濟貧的事。加上流亡起伏，數度浮沉，天涯走遍，人事閱盡，也可說是個「江湖人」，而又喜歡讀書、寫作，迄今未嘗忘情。因此，學者說俠，多引經據典，一再反覆臚舉墨翟、史記、唐人小說的傳統，我可不管這一套。我是實幹派的。我來自民間，來自參與，我自有我對「俠」的看法和定義。這就涉及我另一要補正的是從前寫武俠小說，是爲興趣，現在？除了興趣之外，還要爲了「信念」而寫的。

一個人在成熟後還在做著少年時的「夢」，還做年青人做的事，鍥而不捨，至死不渝，一定得要有抱負和信念才會維繫下去。

·成就上要知足　創做要知不足·

王鳳（以下簡稱「**王**」）：溫大俠，你既然表示以前是爲「興趣」而寫武俠小說，而今卻是爲「信念」而寫。這是一種趨向成熟、圓滿的遞變——那你準備是一輩子寫下去的了？

溫瑞安（以下簡稱「**溫**」）：這可不一定。

王（邊笑邊調侃）：爲甚麼？是「信念」不堅定？還是興趣缺缺？

溫（大笑）：你不如說我「江郎才盡」！（然後正色說下去）說實在的，我根本、絕對、壓根兒不相信：一個真正有大才華的作家、大師、創作者，會有「江郎才盡」的現象。一個人會「才盡」的原因，只有一個，那就是他的才華不足。爲甚麼會才華不夠？寫的不及以前好？原因是：一，他不求進取。不多讀多寫多思考多閱歷，哪能有新的刺激去寫出更新更好更上一層樓的東西！故步自封的結果，就是重複沉悶、失去生命力、斲喪原創性。二，他自己對創作失去了興趣。我指的是真正的「興趣」：不爲賣錢、不求名利、不理權位而浸淫陶醉專注在創作之樂的領域裡。這才能寫出好東西，這才不致交行貨。三，他的體魄、精神、健康已漸衰敗，無復當年之盛矣。三種理由，此最後一種最爲可諒。

至於第一個原因，在行動上是不思進取，但在心態上是來自太過自滿自足。在創作求知上，要永遠知不足（在旁的**葉浩**馬上補充：「所以你在珠海建立了『知不足齋』。」），但在成就收穫上，就該永遠要知足（**葉浩**又作出補正：「在此你在深圳也建立了一處『知足軒』。」）這才會進取、快樂。

第二個原由可以附加一些說明：在香港就有一大批創作人相信：「橋（即意念、情節）唔怕舊，最緊要受」（大意是說：意念、情節不怕翻抄，最重要的是讀者、觀眾喜歡便可以了），所以電影、電視、漫畫、小說橋段不斷被抄襲、模仿、濫用、亂改，完全不尊重原創作者的版權利益和知識產權，這麼一大群創作人，都不是花精神費心力在創作上，而是東抄西抄，抄西片、抄公式、抄噱頭、抄人物，而且粗製濫造，搬字過紙，醜化俗化，意淫逼姦了原著創念、原作精神，還引以為榮，當是成就，大言不慚甚麼：「天下文章一大抄」，一旦受到歡迎，還欺師滅祖，把自己封為原創者，真是沐猴而冠，混水摸魚。還有些人急功好利，以為寫武俠小說就是要擺些噱頭上去來吸引人，所以加鹽加醋，擺些色情、奸淫、交媾場面，又描寫暴力、打殺、變態情節，以為就交足了差，並以為一味「去橋快、去橋盡、去橋靚」（廣東話：意即，情節快速暢盡）完全不講究文字的運用、氣氛的經營、小說的邏輯性和思想性，也沒有人性的描繪，便已經自封為「大師」了，殊不知，這種行貨就算放在三流的電視劇、電影和漫畫橋段裡也會給累垮的。「打腫臉皮充胖子」這回事，在文學裡行不通，在武俠小說中更沒有市場，真正的「市場」不是讀者要看甚麼你就給他看甚麼：他要看色情你便寫色情，他要暴力你就寫暴力，那只是幼稚、膚淺、短見、一廂情願的想法。就算是拍電影，光賣弄色情、展示暴力的，也上不了場面，撐不住大局，賺不了長久的大錢。這種人常沾沾自喜為「精見」，其實是「短視」，犯上創作上的「白內障」和寫作上的「青光眼」。

武俠小說創作要講信念、功力，文學寫作更須得講究火候、實力，要打熬、要付出、要耐性、恆心、毅力、才華、幸運，缺一不行。寫作、創作是「欲速則不達」的，你千萬不要以為自己懶惰，讀者就會懶惰，十年八載走下去，讀者早就超越了你，拋棄了你。你急於求名、求利，想靠創作一炮而紅，可能反繞了遠路。然而你有志於此，有心於此，是一心一意要寫出好東西來，創作些可以交代的作品來，反而常會有意外驚喜，一本萬利。現在當創作人，懶一點都落後，有時候，你要先讀者一步，教育讀者，讓他們領悟到你的東西；有時候，你要與讀者同步，讓他們刺激你。

我從不相信年紀大了就寫不出好作品來這回事。人老了，體能說甚麼都得消褪，健康也確不如前，但腦細胞卻依然活躍得很。李白、杜甫、辛稼軒、羅素、鄧肯、畢加索、李敖、柏楊、梁啓超……，不管古今中外，真的一流高手，豈有因他們年紀大了而創作力、思考能力有所消減？本是庸手才會才盡，高手只怕掙不到時間。

我個人已記錄下來可以寫成小說（不一定武俠）的題材，目前共有壹萬肆仟伍佰貳拾貳條，（溫笑說：發表時請用正楷中文數字，即是簽發支票時用的那種）「片長十三大本」，就算一條只足以寫成一萬字，我這輩子活到二百三十五歲都寫不完了，更何況有的足以寫成十萬字呢！

依蘭（以下簡稱「**依**」）：你不姓江，你是溫郎（眾笑）。不怕不怕，溫郎氣壯，不愁才盡。可是，現在娛樂多樣化，琳瑯滿目，多采多姿，資訊發達，刺激感官，我們倒不擔心溫大俠有才盡的一日，反而擔心日後還有沒有人看小說。

溫（故意苦著臉）：溫郎就怕志大才疏，就算不致才盡，卻生恐財盡——錢財的財！

在本世紀之初，就有人認爲十九世紀小說名家輩出，佳作如林，寫小說的高潮已過，小說已不可爲矣。但事實上，到今天，小說家比任何時候都多，而且小說讀者也比任何時候更多。早在三、四十年前，電視興起，有人認爲電影已沒有前途，但明顯的好萊塢電影比任何時候都蓬勃，而且影響無遠弗屆。當七十年代初香港電視劇製作嚴謹精采，讓人如痴如醉時，也有人預言，不會再有人再讀小說了，可是不久之後，香港各類小說家崛起湧現，小說大行其道，鋒頭反而一時無倆。在台灣，多年前也有人宣稱：文學已死！至於在香港則早已認爲：文學是市場毒藥！可是，文學依然有他的讀者，而文學也常用許多面貌、面目、面具、面孔出現。

・寫的好，就是文學；寫的不好，便是糟粕・

有時候，文學多變一如《西遊記》裡唐僧西天取經時各種各類的妖精，你把它當作孫悟空千萬變化也可以。其實這也無所謂，適者生存，隨機應變，成佛也有四萬八千法門，何況以技巧、形式配合內容、題旨的文學藝術！

陳國陣（以下簡稱「**陳**」）：那你認爲武俠是文學？

溫：當然。只要寫得好，甚麼都是文學，文學是不同題材，不管類型，只問寫的好不好，寫的好，就是經典。寫的不好，便是糟粕。中國四大文學名著，《紅樓夢》不是一度成爲禁書嗎？書中老纏繞在兒女私情、是非嚼舌的情節裡，有人看了這書灰色厭世，起自殺之念呢！結果，它還是文學經典。《三國演義》雖有歷史所本，但個中情節，不乏大砍大殺，寫的是奸雄、梟雄害人、鬥爭故事，至於甚麼張翼德喝斷長　坡，關雲長溫酒斬華容的橋段，包括諸葛孔明運智破陣借東風，其誇張渲染處，恐怕一般武俠小說還得遑忽其後矣，然而，它也是文學名著。《水滸傳》自不必說了，根本就是武俠小說的基本雛型、俠義小說的開山祖師，只不過，武俠小說還不至於那麼大男人主義，動輒手刃淫婦（附帶一句：其實，在中國文學類型裡最維護婦權的，還是武俠小說。可不是嗎？武俠小說裡本著以弱勝強、以柔制剛的俠義精神，君不見多少女俠尤勝鬚眉？絕頂高手的是女子，連醫卜星相、瞽者聾子、乞丐病弱、老叟小童都常要比大男子漢還更高強、出色呢！）常鬧得個血肉屠城，殺人一家大小老幼，一般武俠小說殺氣還不至於那麼大，但它仍是中國文學名著。至於《西遊記》，更前面曾引述過，更不消說了，純粹是鬼古神話、怪力亂神嘛。可是，這也絲毫不影響它是中國文學經典之作。爲甚麼？因爲它寫的好嘛。唐僧代表了人性，「西天取經」是人生歷程，豬八戒是「慾望」象徵，孫行者則成了「理智」代表，如此類推。武俠小說，如果寫的好，亦有豐富象徵，文學意象淋漓、結構嚴密繁複，亦可作如是觀。

只要寫的好，就是文學，管它是甚麼小說。反過來說，只要寫的不好，甚麼大題目、了不起的題旨、嚇唬人的把式、嚴肅莊穆的內容、冠冕堂皇的題材，以及名頭比山還高的大作家執筆，還有排山倒海的地位與背景、來頭和學歷，在我看來，都是假的。寫的不好，就是糟粕。糟粕就是垃圾。不管大垃圾或小垃圾，都是垃圾。

陳：那麼，怎麼判斷一部作品是糟粕還是經典？

溫：對不起，我只是個寫作人，正在努力寫好我的作品，哪有資格評定甚麼是糟粕？甚麼是經典？這題目太大了，你也問的太瞧得起我了。我現在仍在努力少製造垃圾的過程中而已。

陳：對不起，我也覺得問得太草率了一些，但我倒心急要知道它的分野和分別。我們知道你少年、青年時期，分別在不同國家地區，舉辦詩社、文社，培訓了不少青年寫手，還有武俠小說新一代接班人，調訓過的人怕也逾千了吧？而且在台灣受過「委屈」後，旋又在創作人材競爭最激烈的香港當過編劇，跟吳宇森、徐克等人度過橋段，又在電視公司和電影公司出任過創作經理和主任，而且還辦文化社團（「自成一派」）照樣培植寫作界的新人、文藝界的有心人。可謂三十年如一日，經驗豐富。但話說回來，在今日文學讀者已明顯凋零、減少，小說讀者不復熱烈、支持的情況下，而在電子媒介、各類娛樂競爭白熱化的氛圍下，你對文學依然保持樂觀，以你的特殊地位和觀察力，是很教人鼓舞的。可是，我仍是很懷疑：以後，還會有以前那麼大量的讀者接受這一種虛幻的題材嗎？

溫：謝謝你，問得太好了。首先，武俠不一定就是寫虛無縹緲的東西。這是大家一種無知的誤解。很多人不看武俠小說，就是以爲它在歷史、文化、理智、現實上站不住陣腳，可是，如果你根本不看，又如何審視它是不是真的這般不「現實」？剛才已例舉過《西遊記》不是嗎？《山海經》則更荒誕！《紅樓夢》不誨淫、灰色嗎？《金瓶梅》則更淫邪色情！至於《聊齋誌異》，更是集鬼故事之大全！但它們絕對都是中國文學的瑰寶。如果以「妄誕」一個「大帽子」就否定了武俠小說的話，那麼，則連西方的《尤里西斯》、《地獄：神曲》、《唐•吉訶德》、《基度山恩仇記》都莫不妄誕，全都不是文學了。

可見，不能先入爲主，以「不寫實」去否定武俠小說。其實，武俠小說可以是更高一層次的寫實，以一種「詩的真實」去探討生命，試驗出逆境中的人性、患難中的人情。可不是嗎？「君不見黃河之水天上來」，黃河雖然氣勢洶湧，也不至是天上來的吧？「白髮三千丈，緣愁似箇長」，白髮再長，也還不至於有三千丈那麼厲害吧？三丈已很了不起了，已經可以充當「白髮魔女」綽綽有餘了（眾笑）。「金鞭拂雪揮鳴鞘，半酣呼鷹出遠郊。弓彎滿月不虛滿，雙鶬迸落連飛髇」，簡直是武俠鏡頭，武功兵器大排場！李太白這位先生一向不改誇張本色，也寫過「飛流直下三千尺，疑是銀河落九天」，我到過清涼山，也特別上過黃岩瀑布，可能剛好不是雨季吧？那瀑布只不過像是幾十位童子一齊尿尿，哪有他說的氣勢如虹？爲了上去看個究竟，還給當地的抬滑竿伕敲詐，我和紫萍姊、何包旦、素馨、阿鐘、白姑娘幾乎還在山上絕崖與一眾竿伕大打出手，幸好最後還是談笑用兵，安然下山，但結果還是耳聞不如目見，真划不來（眾人好像聽武俠小說一樣）——可見，讀者和評論家卻非常能原諒和包容李白先生「詩的真」，而忽略了武俠小說中也有高層次「文學的真」。真是厚此薄彼。其實，李白號稱「劍仙」，爲人也相當「武俠」：既描寫「十步殺一人，千里不留行」，還言明：「海內觀者皆辟易，猛氣英風振沙磧。儒生不及游俠人，白首下帷復何益？」他的俠義詩句多得很，也誇張得很，大家卻都是受之不疑，我以俠義精神撰寫古人傳奇的《古之俠者》（有別於《今之俠者》）系列裡本就要爲他寫一部書，順此廣告一下（大家都笑了起來）。

·古龍評傳三部曲·

武學古龍

—古龍武學與武藝地圖—

覃賢茂—著

為鐵杆古龍粉絲們的收藏必備！

重磅人物作序推薦：著名學者**龔鵬程**、師大國文系教授**林保淳**
文化評論家**陳曉林**、古龍長子**鄭小龍**、成都市作協副主席**柏樺**

- 大陸首位出版古龍評論集的學者——文史名家覃賢茂，多年研析、探討古龍，力撰古龍三書
- 書中附有古龍珍貴相關照片

傅紅雪從不離手的刀；葉孤城的天外飛仙；李尋歡例無虛發的小李飛刀……古龍武學世界廣博浩大，初入者一時間會有茫然之歎，本書在古龍武學世界中標之以座標，畫之以路線，為讀者提供一些導遊指南，為古龍粉絲們的必備收藏！

【武俠經典新版】四大名捕系列

四大名捕走龍蛇（二）碎夢刀

作者：溫瑞安
發行人：陳曉林
出版所：風雲時代出版股份有限公司
地址：10576台北市民生東路五段178號7樓之3
電話：(02) 2756-0949
傳真：(02) 2765-3799
執行主編：劉宇青
美術設計：許惠芳
行銷企劃：林安莉
業務總監：張瑋鳳

初版日期：2021年4月新版一刷
版權授權：溫瑞安
ISBN：978-986-352-934-7
風雲書網：http://www.eastbooks.com.tw
官方部落格：http://eastbooks.pixnet.net/blog
Facebook：http://www.facebook.com/h7560949
E-mail：h7560949@ms15.hinet.net
劃撥帳號：12043291
戶名：風雲時代出版股份有限公司
風雲發行所：33373桃園市龜山區公西村2鄰復興街304巷96號
電話：(03) 318-1378
傳真：(03) 318-1378
法律顧問：永然法律事務所 李永然律師
北辰著作權事務所 蕭雄淋律師
行政院新聞局局版台業字第3595號 營利事業統一編號22759935

國家圖書館出版品預行編目資料

四大名捕走龍蛇（二）／溫瑞安 著. -- 臺北市：風雲時代，2021.02-　冊；公分

ISBN 978-986-352-934-7（第2冊：平裝）

1.武俠小說

857.9　　109019977